행여 어딘가에 있을

권남지 시와 산문

행여 어딘가에 있을

개미

|작가의 말|

일출도 아름답지만 석양은 더욱…

해는 져서 어두운데 찾아오는 사람 없어/ 밝은 달만 쳐다보니 외롭기 한이 없다.// 내 동무 어디 두고 이 홀로 앉아서 / 이일 저일을 생각하니 눈물만 흐르네.//

세계 어느 유명 배우도 그 인물을 능가하지 못할 정도로 뛰어난 인물을 타고났던 이헌구 교수님. 교수님이 수업에 들어오면 학생인 우리는 그 선생님의 얼굴만 쳐다봤다. 이헌구 선생님은 절대로 학생 이름을 호명하지 않았다. 출석부는 아예 들고 오지도 않고 창문 밖 운동장만 바라보고 두 시간 내내 수업을 하는 분이었다. 그런 분이 내 이름을 어떻게 알고 대학을 졸업할 무렵 나를 시인으로 추천했을까.

그리고 대한 항공기를 부산에서 탔는데 그 비행기가 서울을 지나 평양공항에 납치되고 말았던 김기완 공군 대령.

  다행히 김정일 시대여서 '핵'이라는 게 없던 때라 연합참
모본부의 공군 대령이라고 해도 그를 대량살상 무기로 죽이
는 그런 일은 없었다. 그러나 우리 공군의 비밀을 알아내기
위해 별별짓을 다했을 것이다.

  그 얘기를 나한테만은 죄다 얘기하고 싶어 롯데 커피숍에
서 내가 나올 때까지 기다리겠다는 얘기를 미스 한을 통해
전해 들었을 때 나는 둘째 아들을 낳고 그 아들이 어떻게나
이쁜지 모성애 만발에 빠져 있었다.

  단 일 분도 기다리기 싫어하는 그분이 몇 날 며칠 눈빠지
게 출입문만 바라보고 있을 텐데.

  끝내 나는 나갈 수가 없었다. 그 모든 얘기도 듣고 싶고 너
무나 매력적인 그 미남 얼굴이 보고 싶어도 참고 또 참았
다.(키가 유난히 큰 미남 스타일)

  내가 나가면 모성애건 뭐고 아들이고 다 버리고 그를 따라
지구 끝까지라도 가고야 말테니까. 결국 권고제대 끝에 그는
미국으로 이민을 가야 했다.

  그를 폐병이든 말든 사랑하며 약이란 약은 다 달여 먹여
끔찍이도 사랑했다는 그의 아내와 1남 1녀를 데리고 결국
1994년 봄에 하와이에서 돌아가셨다고.

  그리고 얄개전을 쓴 조흔파 작가는 나만 보면 보금장으로
기어이 끌고 들어가서 스부다이아(알갱이 다이아) 반지를 끼워
주고야 만다. 그리고 김천의 어깨 김호국. 말년에 돈도 많이

벌어 갑부로 소문난 김호국 악대부장은 폐병말기진단을 받았다며 마지막으로 첫사랑이었던 나와 블루스 한 번만 추게 해달라는 연락이 왔다. 내가 35살 땐가. 그래서 후배 한식집에서 만나 맥주 한 잔씩하고 블루스를 쳤다.

태조 이성계가 천하에 제일가는 명당이라며 탐냈다는 미아리 공동묘지터. 36년간 우리나라를 식민지화했던 일제가 그 명당에 쐐기를 박고 결국 공동묘지로 만들어 버렸다네.

그 미아리가 귀신도 놀라고 반할만큼 센티한 달맞이 명소가 됐다고. 무섭던 공동묘지는 온데간데없고 로맨틱한 달맞이 명소로 명성이 자자하다며 보름달이든 그믐달이든 달과 별을 유난히 좋아했던 내가 거기 한 번 못갈만큼 늙어버렸으니 아아 이래도 살았다고 할 수 있나!

달도 별도 안 보이는 방안에 앉아 밥 먹고 차 마시며 오늘이 어제 같고 어제가 오늘 같은 세상을 살고 있으니.

시원한 바람결에 긴 생머리 휘날리며 달 밝은 밤 친구들이랑 밤 깊도록 해변가에서 웃고 시시닥거리며 세레나데 합창했던 시원한 한여름 밤이여.

아이 원더 유아 웨딩. 너의 결혼식에 갔었지. 아름다운 그대의 신부를 질투하고 불타는 눈으로 바라보며 울었지. 식장을 뛰쳐나와 엉엉 울었지. 밤새도록 걸으며.

청계천의 거지들이 개천가에 솥단지 걸어놓고 밥 해먹던 그 시절. 그 더러운 청계천은 온데간데없고 맑은 물 돌계단의 지상낙원이 될 줄이야.

그럼 뭘해. 다리가 후들거려 문 앞에도 못 나가는 걸. 아 젊음이여, 너 어디 갔나. 이제 갈 곳은 오직 한 군데 뿐……

죽어 저승에 간다 해도 올빼미처럼 두 눈 부릅뜨고 나를 찾겠다던 남편. 다른 말 다 해도 상관없지만 농담이라도 이혼하자는 말만은 하지 말라던 남편도 결국은 몰래 집을 잡혀 사업한답시고 배신 때렸지. 집을 없애고 가족을 길거리에 내몰아놓고 저세상으로 간 남편.

그런 남편 곁에 묻히고 싶지 않지만 애들 성묘하기 좋게 화장해서 뼛가루통을 남편 무덤 앞에 묻어 달라고 했다. 두 번 다시 그와 부부로 만날 일은 절대로 없을 것이다.

가족을 살려놓고 죽은 남편이 있고 가족들은 다 죽게 해놓고 죽는 남편의 두 타잎이 있듯. 밝은 달만 쳐다보니 눈물만 흐르네. 내 동무 어디 두고 이 홀로 앉아서. 그믐달만 쳐다보니 외롭기 짝이 없네.

아, 머리카락 바람결에 휘날리며 깔깔대던 우리의 청춘이여.

다 어디 두고 이 홀로 앉았나……

이일 저일 생각하니 눈물만 흐르네.

그러나 나는 다시 태어난다는 윤회설을 믿는다.

2017년 11월
권남지

권남지 시와 산문
행여 어딘가에 있을
|차례|

산문 _

시

꿈에서는 다시 한 번 탱고를 길동무 흰빨래 가을바람 영혼결혼 보이지 않는 바람이 알프스까지 달려가라 네 가슴속 등불 가을비 단풍 노을 네버 세이 굿바이 덩굴장미 한 송이 장미 봄비 남대문에서 꿈에 본 금강산 기러기 아빠 까치밥 돌 시 어느 새벽 예수 왈 내 방에 붙은 벽보 한 장 마음 목소리 2014. 4. 29의 한밤 봄 물보라 커피 산 잊고 싶은 사람 여행 눈물 꿈길에서 고향의 그 집 사는 이유 한세상 비 오는 날 엄마 울산바위 아, 금강산 늑대와 소녀 아! 아버지 어느 해 정월 대보름 사랑하는 친구여 봄봄 춘수 2016년 음력설에 109호실 만추 루비에게 그대들이여

꿈에서는

온몸으로
바위에 부딪혀
꽃으로 피는
파도의 희열이여!
비창이여! 그렇다고
캄캄한 구만리
저 산속에
갇혀 있는 심장에
꽃피길 기다림은
행여 바보 같은
꿈에서나

시
권남지

다시 한 번 탱고를

오, 주여
다시 한 번 탱고를 추게 하소서
소나무처럼 굳센 리드 만나
황홀한 무지개 조명 아래
꽃구름이듯
빙빙 도는 탱고춤
너무 아픈 사랑은 사랑이 아니었음을……
탱고 리듬이 알려주기까지
빙빙빙빙

길동무

단 한마디
말한 적 없는 하루
단 한 번도 웃어 본 적 없는
어찌 살았다고
할 수 있으리

길동무여 어디 있나
오장육부 다 꺼내 놓고 모두
말해버릴 그런 너

흰빨래

가슴이여
몸이여
내 머리여
한점 후회 없이
깨끗해져라
강변에 빨아 말린
저 빨래처럼

가을바람

은가루 같은 가을바람
한없이 걷다 보니
도스토옙스키가 앞서가고 있네
혼자 중얼거리며

― 인생은 고통이요
인생은 일종의 공포지만
자기 나름의 어떤
사랑에 사는 한
그 고통이나 공포에서
절반은 헤어날 수 있다고

영혼결혼

사랑은
영혼과 영혼의
거래랍니다
그 화살 맞으면
가난도 잊고
외로움도 잊고
세상 누군가의
그리움만 있다면
영혼의 등불 행복한 집

보이지 않는 바람이 알프스까지 달려가라네

스친 듯하더니
숨가쁜 걸음걸이
어디로 끌고 가나
광풍이다 광풍!

아, 불길인가
바람인가

자식도 버리고
집도 고향도 모두
버리라네

날 업고 가네
험한 산길

흰눈 덮힌 알프스까지

가슴속 등불

어느 날
당신이 켜놓은 채 그대로 있는
그 등불
잊으셨나요
우리 등불
영영
켜놓은 채 가시다니

가을비

내 심장에 내리는 비
가을비
절절이 비 되어 누가 오네

우리 생애 남는 게 무엇일까
목숨 걸고 사랑한 것
그것뿐이리

82회 생일날
귀족이며 국회의장까지 지낸
최고의 시성 괴테도
남는 건 오직
그것뿐이라 했어

단풍

단풍은
나무잎들이 죽기 전
장렬하고도 슬픈
예식을 치루는 거래

단풍까지도
이 세상 떠날 때
저리도 슬픈 것을

하물며
사람이야 어찌 울지 않으리
울지 말라 했지만

노을

석양에 물든 노을 보면
왠지 우리도
멈춰버릴 것 같다

긴 밤 가고
동산에 태양이
웃어 주면 100세도 더 살 것 같은데

아들아 운전 조심
오늘도 네 있는 곳으로
두 손 모은다

네버 세이 굿바이

사랑하는 사람들이여
네버 세이 굿바이
그 얼굴 그 미소
하늘의 별처럼
오도 가도 말고
언제나 그 자리
네버 세이 굿바이
영원히 살자고

덩굴장미

철조망 밖으로 손을
내밀고

푸른 하늘 아래
웃고 있네

단 1년 산대도
저렇듯
마음껏 웃고
있잖아

한 송이 장미

한 송이 장미 같은
시를 쓰런다

빨간 꽃잎
탐스런 꽃술

호랑나비 잉잉거리며

봄비

오늘 새벽 봄비는
자줏빛 회한의 옷 걸친 채
가로수 길에 서 있었다

봄비야 제발 그만 울어
기다리고 기다리던 님이 왔는데

어젯밤 꿈속에
그이가 왔어
날 안고 그리 울더군

남대문에서

그날 눈으로
똑똑히 봤습니다 남대문에서
군가를 부르며
군용 트럭을 타고
38선쪽으로 달려가던 국군들

주님
빌고 또 비옵니다
하루라도 빨리 북쪽에서
국군 포로들 데려와 주소서

할아버지가 다 되어
헐벗고 굶주려
죽어 가고 있답니다

제발 데려와 주소서
죽기 전에 그들을

꿈에 본 금강산

그토록 그리웠던
금강산에서
끝내 돌아오지 못한 그녀

얼마나 오래 더 살아야
우리가 부등켜안고 울까

비로봉 꼭대기
일만이천 봉
통일 외치며

부디 오래 살게나
금강산에서 커피 한 잔
하는 날까지

기러기 아빠

찬서리 내린 이른 아침
출근하는 아들
따뜻한 국 한 대접
밥 한 공기
그걸 차려줄 아내도 없이

까치밥

노을빛에 매달린 까치밥 하나
왠지 내 모습 같아
감나무 밑에 가만히 서 있다

돌

냇물에서 돌을 치워버리면
냇물의 노래 잃어버린다

우리 인생 수많은 돌맹이
발부리 부딪혀
아프게 넘어져도

피 싸매며 넘던 산길
그래도 그 상처가 인생훈장

시

어느 시인이 그랬듯
시(詩)와 사(死)는
점 하나 차이다

짧고 간단하게 보이지만
한 편의 시는 쓰다 죽을
각오로 쓴다

시집 한 권 낼 때면
열두 번도 더 죽다 산다
어떤 이는 무심코 읽겠지만

어느 새벽 예수 왈

나보다 더 억울하냐
나보다 더 아프냐
나보다 더 비참하고
나보다 더 가난하냐!

필아 필아 정필아

내 방에 붙은 벽보 한 장

병약한 부자보다
힘세고 건강한 가난뱅이가 백번 낫다
건강과 체력은 세상의
황금보다 낫고
어떤 재산도 몸 건강에
비길 수 없다. 어떤 쾌락도
마음의 기쁨에 비길 수 없다

— 집회서 30 : 11 —

마음

누구에게나 하나씩 있는
마음
그 마음 얻는 일이
세상에서 가장 어려운 일이라고 했던가
사람이 사람에게서 마음 하나 얻는 일
그건 억만장자 재산으로도 살 수 없고
세상 다 준대도 살 수 없대요
왠지 알아
그건 그냥 주고받는 거래

※생텍쥐페리

목소리

피아노와 바이올린
거기에 부드러운 하프까지
그러나 이 세상 어떤 악기보다
더욱 매력적인 건
그대 목소리

2014. 4. 29의 한밤

밤새 요란하게
울어대는 저 빗소리
세월호에서 죽은
고등학생들이
엄마 아빠 부르며
울어대는 것이리

가슴 찢어지는
유난한 빗소리
애들아 그만 울어
제발!

봄

봄은 많이 많이
보라고 봄이라지

개나리 노랑 저고리
옷고름도 수줍다
먼 어느 옛날의
엄마 모습 같군

목련은 벌써 져
흰옷 땅에 고이 벗어놨네

물보라

사람에게도 색깔이 있다면
그 사람은 새벽호수
물보랏빛
어쩌다 만나면
물안개 보듯
그러다 멀리 멀리
흘러갔는지
다시는 돌아오지 않았었네

커피

프랑스 작가
발자크가 마신 커피는
무려 5만 잔
마시고 쓰고
쓰고 마시고
아 그가 마셨다는
킬리만자로 커피가
그리운 날

산

중3 때 친구들이랑
금오산 코잔등까지 올랐다

열아홉 살 땐
다시 한 번 코잔등에서
누군가의 이름을 불렀다

애타게 부르다 울어버렸지
메아리 소리만
되돌아 왔을 뿐

첫사랑은
영영 그 산에서 잠들었다

잊고 싶은 사람

잊었다더니
잊은 지 오래라더니

문득문득 생각나도
애써 도리도리

멀리 가고도 아주 갔다는 사람
문득문득 구름처럼 밀려오면

꿈길로 달려가
부둥켜 우네

여행

이 지구에서
가장 아름답다는
뉴질랜드의 밀퍼드
그 길을 한번쯤
누군가와 단 둘이 걷고 싶다

불타는 단풍길 밀퍼드
오래전 지구 떠난 그대 불러
아무 말 없이 한번 걸어봤으면

눈물

하염없이 흐르는 눈물
눈물은
신이 인간에게 내린
치유의 물이라고 했건만
치유되지 않는 내 상처

아픈 몸으로
귀향살이처럼
이민 가야 했던 그분
타국에서 객사했다니
뼈라도 고향산천에 묻어줬으면……
하염없이 구천을 떠돌고 있는지

꿈길에서

시와 고독과 커피 맛은
똑같다고
릴케는
말했었지

온몸이 떨리는 오밤중
뜨거운 커피 한 잔
오랫만에 꿈길에서 만난 그대
날 울리고
그대도 따라 울더군

고향의 그 집

어느덧
반백 년이 지났건만
그 집에 가면
다 계실 거 같다
아버지도 엄마도
그리고 동생들까지
우리가 모여 살던
그 옛날처럼……
웃고 떠들고
장난치며
다들 그대로
있을 것 같다

사는 이유

언젠가는 가겠지
가고야 말겠지

타박타박
걸어가는 이 황톳길

회오리 바람 따라
가버린 사람들

언젠가는 보겠지
만나고야 말겠지

정답던 얼굴
그 눈빛
그 미소

한세상

한세상 가는 게
저 물길 같을까

이젠
혼밥도
혼술도 아주
익숙하다

구만리 하늘길도 얼어붙고
한강 물 얼었다지만
불타는 갈증에 냉수만 들이켜

아 태산보다 더한
고독의 무게여

비 오는 날

비 오는 날은
한 장의 엽서가 되어
그대 문전에 떨어지고 싶다

잠 오지 않는 밤이여
무엇이 변했나
변한 것이라곤 아무것도 없는데
또 전쟁이 날지도 모른단다

손자들이 군대에 갔는데
우리는 그저 외롭게 지나가는 구름일 뿐
행여 어딘가에 있을
희소식이라도 떨어져 있으려나
기적 찾아 또 헤맨다

엄마

우리 엄마 혼자서
생애 처음으로
여행 가시던 밤

우리들 두고
차마 발길 떨어지지 않는지
밤새 우시며
자꾸 되돌아오시던 엄마

엄마
세상에서 가장 솜씨 좋던 분
맛있는 밥상 고운 옷들
언제 다시 뵐 수 있을지

시
권남지

울산바위

청운의 꿈 안고
울산에서 왔다네

금강산 일만이천 봉
세계적 천하명산

거기까지 가려고
울산에서 왔다네

꿈에라도 날아라
훨훨 날아라

비로봉 꼭대기
구름되어 나르네

아, 금강산

미운 오리새끼 한 마리
빈라덴처럼 없애버리면

금강산 호텔에서
평양냉면 먹고

꿈에나 그리던
금강산 일만이천 봉

봄 여름 가을 없이
날마다 보리라

늑대와 소녀

내가 일곱 살 때
합천 해인사 이십 리 밖
4시 통행금지 해제 맞춰
밤숲에 갔다

비바람 세차게 불면
큰 알밤 지천으로 깔렸다
신나게 바구니 가득
줏어 담는데 큰 개 한 마리
산에서 내려왔다

스님이 대나무 마당비로
쫓자 산으로 도망갔다

'엄마! 왜 개가
산에서 내려와서
또 산으로 도망갈까?

제집으로 안가고?'

'아이그 이것아 늑대가
너 잡아 먹을려고
내려왔구만!
다신 밤 줏으러 가지 말아!
알았지!'

그때부터 다신
밤 줏으로 안갔다

아! 아버지

세상 살아내기 힘들 때면
문득문득
아버지 교훈 생각난다

호랑이 등에 업혀가도
정신만 차리면 산다던 아버지

솔로몬의 지혜로 살아야 해
정신만 차리면 무서울 게 없다

아 아버지
굵고도 맑은 그 목소리
올망졸망
형제들 세워놓고
늘 기합주시던 아버지

어느 해 정월 대보름

별들이 모여
보석처럼 빛난 밤
정월 대보름에
그와 난
송도 바닷가서
소리내어 울었지

파도 울어대고
갈매기도 울어
남북통일 못 보고
하늘이 다 불러
왜 울었냐!
이심전심
너무 같은 우리 과거여

사랑하는 친구여

비록 죽을 병에 걸려
앰뷸런스에 실려
수술실로 갔다 해도

호랑이한테 물려가도
정신만 차리면 산다던

옛 성현 말씀

전신마취 깰 때
또렷이 기억하오

봄봄

봄이 저 혼자 오고 있다
며칠 전 미사일 쏜
휴전선인데

나물 바구니 옆에 끼고
산모퉁이 돌아
아장아장 오고 있다

수천 년 해마다 오는
봄이지만 언제나 낯설다
아, 모나리자의 그 미소

황홀한 꽃향기
봄 뒤에 숨어 가신 님
행여나 올까?

춘수

말 못하는 젖먹이 애도
무슨 속이 있어 운다잖소
하물며 울음 삼키는 여인
봄바람 같은 그 미소

언제적 가선
다시 못 본 그 미소

2016년 음력설에

대동강도
뒤돌아 울고
바닷물
하염없이 뒤척이는데
한백년 하루같이
남북통일 외쳤건만
미사일 쏴
불바다 만들겠다니
피맺힌 우리 조국
언제쯤 봄 오나

109호실

남한 비디오
'어린 신부' 그것 한번
훔쳐 봤다고
엄마들 목숨 같은 외아들
109호실 끌고 가
일주일 내내 죽을 만큼 팼다니
차라리 혀 깨물어 죽기도 하고

아 한핏줄 배달민족
백의민족
어쩌다 이리된 거지

만추

마음은 바람 따라
그대 옆에
몸은 언제나 외톨이 꿈길

숲에도 서리 내려
서산 향해 섰는데
한번 떠난 그대
올해도 소식 없네

시
권남지

루비에게

새하얀 털
보석처럼 예쁜
우리집 루비

어느 크리스마스 무렵
새끼 7마리
막내는 낳자마자 죽어
그 새끼 6마리
모두 나눠 줘

성북동 한옥에서
강남 아파트 이사 갈 때
루비는 연탄가게 아저씨네
집으로 보냈지

성대 수술해 개들 못 짖게
몰래 입주한 사람들

모두 쫓겨났던 그 시대

우리가 살던 그 집엔
루비 혼자
늘 울고 있었다는 후문

이제야 알았네
동물농장 똘이 얘기
새끼 사랑 인간 이상인 것
한 번 주인이면 무덤까지 간다고

아! 미안하다 루비야 정말
모르고 저지른 죄
용서해 주겠니

그대들이여

그리운 그대들이여
너무도 가난한
한국 문인들 위해 울어주오

실력있던 40대 어느 여류 소설가
너무 배고파 반지하에서
음식물 얻어먹다 지쳐
수면제 한 통 마시고 그만
기나긴 잠자고 말았다오

하늘 우러러 한 점 부끄럼 없기를
고명하신 국회의원 출판기념회
아예 현금지급기 갖다 놓고 찍으면 10억
아아 출판기념회
언제 한번 해봤던가

혀에 맞아 죽은 사람들

전쟁터에서 총에 맞아
전사한 병사들보다
세 배나 많다는 말 들어봤소

10초 안에 청와대 불바다로 만들겠다
20초 안에 일본 미국
아니 '전세계' 날려 버리겠다고

히로시마에 떨어진 원자폭탄보다
200배 센 수소폭탄
단거리 미사일

빈라덴은 2000억 원이나 되는
유산 지하드에 남기고
구름 낀 날만 골라 다니라며 유언

잘 생긴 탤런트

광고 한 번 찍으면 10억인데

배고픈 시인
배고픈 수필가
아 허기진 소설가들이여

문인들 위해
울어주오
가난한 한국 문인들
노벨문학상은
하늘의 별따기

아!
사랑하는 그대들이여
가난하고 허기진
문인들 위해 울어주오

산문

꿈이여 다시 한 번   장터도 이젠   그해 동촌
사과가 익을 무렵   서창   외딸   잊을 수 없
는 집   머나먼 친구   커피잔만한 머리들   닮
았다는 이유로   아우를 생각하며   내세에 대
한 잡념   어느 신부님   여동생   톨스토이가
생각나는 밤   새벽의 행복   30억 엔과 행복
지수   인간 종달새   내 마음속 케리쿠퍼   서
귀포에서의 1년 반   하이네의 마지막 시   등
잔 밑이 어둡다고

꿈이여 다시 한 번

1970대까지도 하이힐을 신고 다녔다. 8자가 붙자 하이힐을 벗어버리고 곧장 단화를 신기 시작했다. 늙어버린 것이다. 마치 요단강 강가에 서서 불타는 석양을 바라보고 있는 기분이었다.

대구에서 스무 살에 고등학교를 졸업하고 난생 처음 이화여자대학교 기숙사에 들어간 지 딱 보름 만에 6·25가 터졌다. 서울의 동서남북도 잘 모르고 전쟁을 만난 나는 기숙사에서 나와 고향 아주머니와 둘이서 대구까지 걸어갔다. 그후 부산 서대신동 판잣집 가교사에서 3년을 보내고 졸업 1년을 겨우 서울 신촌 본교사에서 공부한 후 졸업했다.

세월은 화살처럼 지났는데 죽기 전에 해야 할 일은 태산같이 많다.

　왜 이렇게 많은 걸까. 조급하긴 왜 또 이렇게 조급한
지……. 원고는 다 되어 있다. 우선 시집 한 권을 내야 하고,
수필집 한 권. 제주도에서 2년 반을 살았던 때의 일기. 그리
고 자서전, 또 일본 작가의 번역물 『고독을 이기는 법』 등.
원고뭉치들은 모두 잘 보관된 채 소중히 보호하고 있다.

　이것들을 책으로 내지 못하고 내가 죽으면 그들은 곧장 쓰
레기 매립장으로 실려가 휴지가 된 채 썩어버릴 것이다. 내
피와 땀과 눈물로 쓴 내 분신들인데 어이하리 운명에 맡기는
수밖에…….

　오, 신이여. 불쌍히 여기소서. 아멘.

장터도 이젠

구수한 인정이 넘치던 서민들의 장터.

시장도 이젠 옛 시장이 아니다. 어디 잃어가는 게 한 둘이랴 시장만은 언제까지나 옛 시장으로 그냥 남아 있어 주길 바랐다.

1970년 중반까지 나는 동아방송 〈고운정 미운정〉이란 프로의 원고를 쓰고 있었다. 1970년대 후반에 가서는 〈밤의 플랫폼〉이란 프로의 원고를 썼는데 그게 잘 쓰여지지 않거나 고3 중3 중1의 삼 남매가 한창 사춘기 때여서 내 속을 썩힌다던가 또는 남편이 내 비위를 거슬리는 때는 나는 곧잘 슬리퍼를 질질 끌고 삼선교 시장엘 가곤 했다.

그러니까 시장은 내 유일한 위안처였다. 내가 다시없이 불행한 것 같고 고되고 힘들 때는 시장 속에 한시바삐 나를 흡

수시킨다고 할까 파묻혀 버리면 그런 내가 어디론가 사라진 것 같고 없어져 버린 것 같아서 후련했다.

내 존재를 시장 인파 속에 섞이게 해서 내 눈에 내가 클로즈업 되지 않는 상태가 좋았던 것이다. 그뿐 아니다. 시장 바닥에 나물이며 멸치 같은 걸 펼쳐놓고 앉아서 애틋한 눈빛으로 올려다보며

"미나리 사세요. 김칫거리도 좋아요."

하고 애원하는 소리를 들으면 저런 사람도 있는데 하고 나는 위안을 받곤 했다.

더구나 삼라만상이 꽁꽁 얼어붙은 한겨울 차가운 땅바닥에 비니루 한 자락을 깔아놓고 종일 물건을 팔고 있는 상인들을 보면 내 처지가 그래도 좀 나은 듯해서 자위가 되곤 했다.

나도 쪼그리고 앉아서 콩나물 한 무더기를 사면서도 덤을 더 달라고 떼를 쓰면 한 주먹씩 더 올려주는 인심도 훈훈했다.

꽁치 한두 마리를 소금에 저려주는 할아버지는

"구워 잡수시면 맛있을 겁니다. 김장김치 넣고 김치찌개를 하실려면 한두 마리는 더 사셔야지." 하고 은근슬쩍 더 팔아주길 바라는 말투도 왠지 인정스러웠다.

그런데 요즘은 그게 아니다. 억센 생활전선에서 단련될 대로 단련된 뚱뚱하고 억센 아주머니나 아저씨들이 자기 물건

앞에 버티고 서서 지나가는 우리를 노려볼 뿐 물건을 팔아 달라고 애걸도 하지 않는다. 다가 가서 물건을 보고 뭐라고 한마디했다간 봉변당하기 십상이다.

"이 물건이 뭐 어때서 그래요. 안 사셔도 좋으니까 그냥 가라구요!" 퉁명스럽다 못해 겁이 덜컥 날 지경이다.

덤 좀 더 달래면 들은 척도 하지 않는다. 원가도 안된다는 것이다.

"누군 흙파다 장사하는 줄 아냐! 흥."

그래서 나는 차라리 슈퍼로 간다. 그래도 그곳에는 음악이 흐르고 버티고 서 있는 억센 상인도 없거니와 강매하는 자세로 억지를 쓰는 힘센 아줌마도 없으니까.

얼마든지 고르고 정가를 봐가며 예산에 맞추면 된다. 그렇지만 이런 말이 있지 않은가. '슈퍼에는 온갖 물건을 다 팔고 있지만 건강만은 팔지 않는다.' 야채고 뭐고 숨통을 막은 랩 일색이다. 랩으로 싸서 식품을 숨도 못쉬게 죽여놓고 있지 않은가.

방부제가 섞인 물을 노상 뿌려대고 있는가 하면 다른 손님들이 옆에서 너무 많이 과잉 쇼핑하기 때문에 조금 사면 왠지 초라할 것 같아 덩달아 과욕을 부리기 일쑤다.

『걸리버 여행기』의 저자 조너선 스위프트는 영문학 사상 가장 과격한 염세주의자였다고 한다. 그는 이 세상에 태어난 것을 비관하고 생일에는 검은 상복을 입고 앉아서 단식을 했을 정도였다고.

　그렇지만 그는 이 세상에는 가장 좋은 것이 세 가지는 있다고 말했다. 그 하나는 식사며 둘째는 평정, 세번째는 쾌활하게 살아가는 사람들이라고.

　나는 우울할 때면 시장에 가던 버릇이랄까 스트레스 해소 방법을 바꿔 보기로 했다. 즉 우울하면 끝없이 뭔가를 먹기로 한 것이다. 오징어 다리라도 질근질근 한나절씩 씹는다던가 커피를 연신 마신다던가 아니면 과자를 먹는다던가 땅콩을 먹는 식으로 말이다. 그랬더니 웬걸 체중만 자꾸 불어나고 일은 손에 잡히지 않아서 더욱 초조하기만 했다.

　'우울할 때는 나보다 더 비참한 사람을 생각하라.'고 했던 건 괴테였던 것 같다. '새 구두가 없어서 고민일 때는 두 발이 없는 사람을 생각하라'는 식으로. 나보다 못하고 낮은 사람을 생각하라는 것이다.

　아침에 자고 나면 우리는 육체적 운동의 필요성을 역설하는데 사실은 그게 아닌지도 모른다. 아침에 자고 일어나면 먼저 정신적 운동이 더 필요하다고 생각한다. 육체적인 것은 그 다음이 아닐까.

　아침에 눈 뜨는 게 환희로 받아들이는 사람은 행복하고 또 의욕적인 세상을 살아간다고 한다. 그렇지 않고 떠오르는 아침 해가 마치 절망의 숯검정 덩어리처럼 느껴질 때도 있다. 영원히 잠만 자는 그런 밤만 계속 되기를 은근히 빌 때도 있다.

　이럴 때를 위해서 눈 뜨면 우선 마음의 운동습관부터 길러
두자는 것이다. 아침에 눈을 뜨는 것과 동시에 그날에 대한
희망이 은쟁반에 담겨져서 나와야 한다.

　희망과 더불어 물을 먹고 빵을 먹는 생활이 되어야만 대문
을 나서는 발걸음이 가볍다. 그러자면 저녁에 잠자기 전에
노여움을 풀고 문제를 풀 수 있는 힌트를 어느 정도 찾고 난
후에 잠들어야 한다. 그러자니 무슨 방법으로든 스트레스를
풀고 잠자리에 들어야 한다는 애기다.

　동네 시장도 이젠 옛 시장이 아니오 상인들도 이제 옛날
장터 사람들처럼 인심이 후하고 살갑지 않다.

　먹는 걸로 풀 수도 없고 마시는 걸로도 안된다면 어디로
가야 할 것인가. 그래서 사람들은 컴퓨터 게임을 하고 슬롯
머신에 미치는 것인지도 모른다.

　나는 늦게나마 지난해에 운전면허증을 땄으니까 시내연수
라도 좀 하고 차나 좀 몰고 다녔으면 스트레스 해소엔 그만
일 것 같은데 워낙 험한 교통 지옥에서 내 서툰 초보운전이
무슨 봉변을 당할지 몰라 그것도 용기를 못내고 있다. 그리
고 차 유지비도 너무 비싸 단념하는 게 현명한 처사 같다.

　이런 때 내 마음을 나 같이 알아주던 옛 친구라도 만났으
면 좋을 텐데…… 그는 지금 미국에 있다. 주소도 바뀌어 찾
을 길도 없으니…….

그해 동촌 사과가 익을 무렵

6·25가 난 이듬해의 대구는 한마디로 실업자들의 집합지였다. 정확하게 1951년의 봄은 굶주림과 헐벗음의 계절이었다.

그것도 편안하게 잘 살던 사람들이 하루아침에 알거지가 되고 가족을 잃었으며 전쟁고아가 되는 등 날벼락 맞은 사람들이 시뻘겋게 충혈된 채 우글거리는 그런 피난의 도시였다.

나도 그중의 한 사람이었다. 서울까지가서 대학에 합격했답시고 뽐내면서 상경한 지 불과 보름 만에 6·25를 만나 공부고 뭐고 거지꼴이 되어 살아 돌아온 것만으로 천만다행이라는 부모님과 형제들의 찬사 아닌 찬사를 들으면서 대구시내를 돌아다니고 있을 때였다.

아버지가 고급 공무원이었던 우리집은 대구를 중심으로

마치 컴퍼스의 바깥 축처럼 경상북도 지방을 전근다녔다. 6·25 때는 상주에 살았는데 상주도 점령되어 대구로 아무 것도 없이 허겁지겁 피난온 상태였다.

대구에는 외갓집이 있었다. 어머니가 무남독녀 외딸이었다. 아버지가 늘 처갓집 장인 장모까지 모시고 있는 형편이었다. 외할아버지는 어머니가 일곱 살 때 상처하셔서 어머니를 고모님 댁에 맡겨 놓고 일본으로 홀쩍 떠났다고. 8·15 해방을 맞아 돌아오면서 일본에서 재일동포 새엄마를 데리고 나오신 것이다.

그래서 엄마는 외할아버지 그러니까 아버지가 보기 싫어서 늘 불만이었지만 새엄마가 워낙 사람이 좋고 부지런해서 친정 부모를 모시기로 했다. 또 우리집 형편이 2~3년마다 한번씩 전근을 다녀야 할 형편이었기 때문에 늘 5남매의 맏이인 나와 남동생은 학교 때문에 대구에 남아 있어야 했다. 외할머니 댁에 우리 남매를 맡겼던 것이다.

그러다가 상주까지 철수할 형편이 되자 구사일생으로 그곳을 탈출해 대구 외할머니 댁에 집결한 셈이었다.

6·25가 나자 서울에서 600리 길을 걸어 내려온 나는 여독도 풀리기 전에 동촌(東村)에 있는 과수원집으로 달려 갔다. 과수원집 딸이 바로 내 친구였고 그의 오빠가 있었는데 아무래도 무슨 일을 당했을 것만 같은 예감이 들어 궁금해서 견딜 수 없었기 때문이다.

나는 과일 중에서도 유난히 사과를 좋아해서 사과가 익어 가는 계절이면 풋사과에서부터 빨갛게 익은 사과가 너무 맛있어 삼시 세끼 밥보다 사과만 먹고 살 정도로 일주일에 한 번씩 토요일이나 일요일 같은 때면 으레 친구가 살고 있는 동촌 사과밭에 가서 살다시피 했다.

그때는 대학입시도 별로 어렵지 않을 뿐 아니라 한 반에서 잘 가야 대여섯 명 정도여서 대학 가는 사람이 별로 없었고 대개 여학생들은 고등학교만 졸업하고 나면 거의가 결혼하는 그런 시대여서 고3이라 해도 읽고 싶은 책 실컷 읽고 먹고 싶은 것 마냥 먹으며 보냈다. 그리고 일주일에 한두 번씩 과수원에 갔다.

사과밭에 가면 하얀 런닝셔츠처럼 얼굴이 하얗고 눈웃음 잘 치는 숙자의 오빠가 살평상에 누워 책을 읽다가 "어, 왔구나!" 하며 맛있는 사과를 따 주었다.

나는 흰 세라복을 입고 검은 주름치마엔 양쪽 다 흰 줄이 쳐진 경북고녀 교복을 입고 있었다. 거의 책가방을 든 채 집에 갔다 점심 먹고 올 때도 책가방만 없을 뿐 교복은 늘 그대로 였다.

숙자는 자기 오빠가 지상주의자라는 별명을 들을 정도로 오빠를 말끝마다 칭찬했다. 모대학 법대 3학년인데 전교 수석에다가 전교 학생회장이며 인기 투표에서 1위였다는 등 입만 열면 버릇처럼 오빠 자랑하는 게 일이었다. 3대 독자인 그 오빠는 키도 크고 얼굴이 흰 수재형이어서 누가 봐도 한 번 쳐다 볼 것 두 번 볼 만큼 난 인물이기도 했다.

법대를 졸업하면 곧 미국에 유학갈 꿈도 갖고 있어서 여자에 대해서도 별 관심이 없고 다만 공부밖에 모르는 공부벌레였다. 자나깨나 공부만 하는 그런 꽁생원이지만 시국이나 정치에 대해서만은 비상한 관심이 있어서 늘 학생운동 때만은 앞장 서기 때문에 그것이 그의 부친의 고민거리 였다.

그런데 그 오빠의 이름이 '남로당'에 올랐다는 것이다. 아무에게도 말하지 말라며 그야말로 타의에 의해 반강제로 오르게 됐다는 얘기를 듣고 나는 적이 놀랐다. 학생회장쯤 되면 반강제로라도 입당시키는 그런 풍토가 대구에선 성행하고 있었다.

나는 모처럼 사과도 먹고 싶었고 추석도 지나고 해서 인사도 할 겸 숙자 오빠의 일도 궁금해서 과수원을 찾았다. 1951년 11월 중순쯤 됐을까 들어서는데 벌써 분위기가 전 같이 않았다. 과수원은 마치 초상난 집처럼 쓸쓸하고 사람 그림자 하나 보이지 않았다. 늦은 가을이라 서리도 내리고 사과도 다 따버리고 없을 때였긴 했지만 먼 빛으로도 무슨 일이 있었음을 여실히 실감케 했다.

아닌게 아니라 몸져 누워 있는 숙자며 그의 아버지 어머니 등 모두 머리를 산발한 채 지내게 된 게 여러 날 됐다는 것이다.

  "오빠가 런닝셔츠 차림으로 언제나처럼 저 평상에서 책을 읽고 있는데 그날 오후 3~4시쯤 됐을까 느닷없이 경찰관 두 명이 들이닥치더니 오빠를 짚차에 태워 갔다."는 것이다.

  "잠깐 조사할 게 있어서 데리고 갈 뿐 곧 돌려보내겠다."고 한 사람들이 한 달이 지나고 두 달이 가까워 오는데도 깜깜 무소식일 뿐 어디로 오빠를 데리고 갔는지조차 알 수 없어 아버지가 아무리 백방으로 찾아다니며 수소문해 봤지만 다 모르겠다고 했다.

  그야말로 절망적인 이야기였다. 나는 그 길로 되돌아 와서 대구 경찰서로 형무소로 다니면서 숙자의 오빠 소식을 좀 알아 볼려고 무진 애를 썼다. 집안 친척 중에 경찰 간부로 있는 분이 마침 있어서 그 백으로 출입이 가능했던 것이다.

  그런데 아무 곳에도 그 이름 석자는 없었다. 그해 12월 한 달을 발이 닳도록 여기저기 다니면서 알아봤지만 끝내 행방불명이었다.

  그러던 어느 날 터널 가까이에서 가겟집을 하고 있는 아저씨가 믿을 만한 제보를 해왔다. 6·25가 나고 8월 말쯤이라고 한다. 몇 대의 트럭이 죄수들을 가득 싣고 팔공산 쪽으로 달려가더라고. 그날도 어둑어둑한 저녁 무렵인데 트럭 한 대에 학생들과 일반인들이 끌려가더라는 것이다. 모두 엎드린 그때 한 사람이 벌떡 일어나더니, "엄마 나 여기 있어요! 동수요 동수!" 하고 외쳐댔다는 것이다. 하얀 런닝셔츠를 입고 허름한 윗도리 하나를 걸쳤는데 키가 크고 얼굴이 허여멀쑥한 틀림없는 동수 학생인걸 봤다는 것이다. '동수'라고 큰 소리로 말하는 걸 분명히 들었다는 것이다.

그러자 호송 경찰관들이 냅다 총대로 후려갈기면서 "엎드려!" 하고 소리치니까 팍 엎어진 채 그만 쏜살같이 사라져버리고 말았다는 것이다.

그 길로 가서 아마 집단 총살을 당하고 말았을 거라는 동네 사람들의 추측이었다. 그게 전부였다. 남로당 고위 간부들은 6·25가 나자 '피하라!'는 비밀지령을 받고 잽싸게 어디론가 피했겠지만 송살이들은 아무것도 모르고 그냥 가만히 있다가 모두 당했다고 한다.

서창

그곳은 사실 우리 시어머니의 고향이었다. 시어머니는 내가 며느리로 들어간 그해부터 돌아가실 때까지 거의 2년에 한 번 꼴로 고향에 다녀오시곤 했다. 고향이 좋다 나쁘다 그런 얘기 같은 걸 찬찬히 하는 성격도 아니었다. 지나간 얘기나 옛날 얘기 같은 걸 하시는 매우 현실적인 분이라고 할까.

너무 부지런해서 따라다니며 심한 잔소리랄까 간섭을 하는 그런 성격이었지만 한가하게 지난 얘기 같은 걸 늘어놓을 바엔 빨래 한 가지라도 더 빨겠다는 성격이었다. 그런 면에서 O형이 아니었나 싶다. O형들엔 과거가 없을 뿐 아니라 미래도 별로 라는 듯, 지극히 현실문제에만 치중하는 현실주의적인 데가 있는 것 같으니까.

어쨌든 수틀리면 고향에 갈테니까 당장 차비 내놓으라는

식으로 데모를 하곤 하셨다. 그래서 얼마나 좋은 곳이길래 그토록 큰 소리치시며 걸핏하면 고향에 가시곤 하셨을까 싶어 꼭 한번 가보고 싶었다.

그러잖아도 남한 일대는 한두 번쯤 무슨 일로 가보곤 했지만 유독 그곳만은 한 번도 가본 적이 없어 어떤 곳인지 큰맘 먹고 한 번 가봤다.

고향집 번지까지는 알아볼 도리가 없어 그 동네 적당한 곳의 원룸 하나를 얻었다. 전라북도 전주 외곽에 있는 작은 마을이었다. 그런데 넓은 마당 한켠에 지은 이 원룸은 지은 지 1년밖에 안되어 깨끗하고 방도 매우 따뜻했다. 심야전기로 난방을 했고 방을 얻은 건 해가 다 지고 난 다음 저녁 7시 반쯤이나 8시경이었다. 지쳐 있는 때라 주위 환경도 살필 겨를 없이 그냥 돈만 건네고 한두 달쯤 묵을 예정으로 투숙했다.

하룻밤 푹 자고 새벽에 일어나 밖에 나와보니 이게 웬일인가 마당 한쪽에 제법 큰 염소 축사가 있는 게 아닌가. 염소는 갓난 새끼며 제법 큰 염소들이 한 25마리쯤 되고, 염소 축사 옆엔 개 축사도 있었다. 강아지 짖는 소리며 큰 개 짖는 소리로 보아 거기도 20여 마리쯤 되는 것 같았다. 개장수에 염소까지 냄새가 역겨웠다.

'하필이면 원룸 앞에 냄새 지독한 염소 축사며 개 축사가 있다니! 그럼 사람도 인간 축사가 될 수밖에 없겠군!'

동네를 한 바퀴 둘러보니 '모악산'이라는 제법 높은 산이

있고 서산 밑에 큰 개울을 끼고 동네가 양쪽으로 길다랗게
이어져 있었다. 유난했던 장마철이라 콸콸 덤프트럭 소릴내
며 폭 5m 가량의 강이 산에서부터 급류로 흐르고 있었다.
군데군데 새로 복개공사가 되어 있는 걸 보니 옛날엔 더 큰
강이 흐르고 있었던 것 같다.

서산은 대개 여인의 산이고 동산은 남산이라고 하던가. 서
산에 시커먼 비구름이 잔뜩 몰려 들면 영락없이 비가 쏟아졌
다.

일반적으로 동네가 습기 차고 물구덩이어서 집집마다 시
퍼렇게 곰팡이가 피어 있었다. 연보라색 꽃이 예쁜 들깨도
거의 썩어가고 있었고 감나무에 매달린 감도 햇볕을 못봐 그
런지 떨어져 나뒹굴고 있었다.

고추밭에 들어간 어느 할머니는 거의 다 익어서 붉은 고추
가 제법 많이 매달려 있는데도 화가 난 얼굴로 마구 뽑아서
내버렸다. 내가 우두커니 보고 있다가 된장이라도 끓여먹게
풋고추 몇 개만 따가도 되냐고 했더니 얼마든지 갖고 가라는
게 아닌가. 이왕 내버렸는데 갖고 간들 무슨 상관이냐는 것
이다.

전기 후라이팬이며 자취 도구를 갖추고 온 나는 그 풋고추
로 맛있게 된장찌개를 끓여 먹었다. 다음날 또 동네 구경에
나섰다.

내가 세든 원룸 말고도 집집마다 큰 개가 있고 한 집 건너

개 축사며 말, 소 등 축사를 거의 다 갖고 있었다.

강아지나 개들을 복 중에 보신탕용으로 내다 팔아서 생활비를 조달하는 길밖에 별수가 없는 것 같았다.

땅 자체가 물컹거려서 집도 짓기 어렵고 밭농사도 안되니 가축이나 길러서 내다 팔 수밖에. 축사에서 나오는 염소똥이며 개똥 말똥들은 모두 동네 한가운데로 흐르는 강으로 나가겠끔 하수도를 내고 있는 것 같았다.

그뿐 아니라 새벽 일찍 산책이라도 갈라치면 양쪽에 쭉 늘어 서서 할아버지, 손자, 아들할 것 없이 강에다 대고 기분좋게 실례를 하고 있었다. 그러니 맞은편 쪽에 있는 큰 저수지는 거대한 정화조라고나 할까. 짐승과 사람들의 배설물 탱크가 아닐까 하는 생각도 들었다.

산그림자가 어리어 저수지 물은 항상 푸른빛으로 맑게 보이지만 그 밑바닥은 배설물로 가득 차 있을 게 아니겠는가.

동쪽에 위치한 산은 꼭대기 한쪽이 남근을 상징하는 듯한 봉우리가 우뚝 솟아 있고 거기서 아침해가 떠오를 때면 갖가지 구름에 조명이 비치어 장관을 이뤘다.

이 새벽 장관은 내 방 동쪽으로 난 제법 큰 유리창 앞에 서서 여유롭게 볼 수 있었다. 해가 산봉우리로 튀어 오르는 2~3분 동안의 장관이란 어느 연극무대보다도 조명이 훌륭했다. 그런데 지금도 잊을 수 없는 건 그 작디 작은 서창(西窓)이다.

싱크대 위로 천자문 책 한 권을 딱 펼쳐놓은 듯한 작은 서창이 하나 있고 똑같은 크기의 서창 하나가 샤워실 겸 화장실 위에 또 하나 있었다.

어느 날 새벽 갑자기 잠이 깼는데 누운 채 문득 쳐다보니 그믐달 같은 초승달 한 개가 달랑 서창에 들어와 있는 게 아닌가!

어느 땐 다이아몬드 50캐럿(본 적도 없지만) 크기 만한 금성이 신비롭게도 서창에 들어 있었다. 창문이 작아서 달과 별이 한꺼번에 들 수 없기 때문에 따로 하나씩만 보이는 게 더 예술적인 작품 같았다고나 할까? 구름일 땐 한 조각, 그냥 푸른 하늘일 땐 파란빛 그 한 조각. 그야말로 외로움을 더해 주던 그런 분위기 조성가였다.

그런데 샤워실에 있는 창은 더 감각적이었다.

모악산이 마치 육체파 여왕이 가랑이를 좍 벌린 듯한 자세로 누워 있는데 대추씨 같은 여성의 상징물이 뾰족하게 한가운데쯤에 약간 솟아 있는 게 서창에서 선명하게 보이는 것이다. 볼수록 그것은 자극적이고 실물구도 같았다.

그뿐 아니라 그 집 마당에 한 그루 나무가 서 있는데 처음 보는 나무라 무슨 나무냐고 했더니 '자목련'이라는 것이다. 봄에 피는 목련은 잎이 거의 없다시피 하며 희고 탐스런 목련꽃만 듬성듬성 피워 올리는데 이 자목련은 그것과는 반대로 온통 나무 전체가 잎으로 뒤덮혀 있다. 연자주빛으로 꽃이 피는데 한 송이 필까 말까 할 만큼 꽃 보기가 힘들었다.

피었다 하면 이내 비바람에 지고 개인 날 나무 꼭대기에 겨우 연자주빛 꽃 한 송이가 피어 있는 게 이 서창에서 볼 수 있는 것이다. 정말 보기 힘든 자목련 꽃 한 송이와 멀리 보이는 뾰족한 여인의 자궁 같은 산.

동네 사람들이 왜 모두 우울증 환자처럼 말이 없고 옷들도 회색빛만 늘 입고 살다시피 하는지 납득이 갈 정도였다. 비오는 날이 많아 강물 소릴 들으며 낮잠 자는 일이 많아 그 대신 밤엔 불면증에 시달리는 사람들 같았다.

전주 시내까지 한번 나갈려면 콜택시 회사에 전화를 걸어 몇 시에 동네 어디까지 와 달라고 하고 가야 했다. 그래서 출산이 임박한 임산부라 해도 그냥 방에서 낳고 만단다. 그런데 이 마을 여성들도 죄다 남자처럼 사지가 굵고 키가 큰게 무우밭에서 막 뽑아올린 허연 조선무처럼 보기 좋았다.

그 대신 남자들은 왠지 기운이 없어 보이고 집에서만 있어 그런지 담배에 쩌려 있었고 눈은 항상 잠에 취해 있는 듯 보였다. 허리에 고무줄을 탄탄이 박고 발목에도 단추나 고무줄로 꼭꼭 동여맨 몸빼식 바지를 입은 동네 아낙네들은 새벽 7시만 되면 삼삼오오 집합해서 노력동원에 급히 동원되곤 했다. 별별일을 다해 주고 일당 얼마씩을 받아오는 듯했다.

우리 경상도에선 딸이나 부인들이 거의 밭이나 논에 안 나가는 편인데 여기 여성들은 남성처럼 부지런했다. 시집 갈

때도 혼수 같은 걸 남자 쪽에서 다해오고 신부는 그저 몸만
가는 게 경상도 여성들이다.

외딸

하나밖에 없는 딸을 지난해 초여름에 시집보냈다.

처음 딸을 임신했을 때 나는 모 잡지사 기자로 있었다. 워낙 배가 부르지 않는 타입이라 짧은 반코트를 바쳐입고 겨울을 났기 때문에 아무도 임신을 눈치채지 못했다. 임신을 해도 거의 입덧도 하지 않는 데다 몸놀림도 가볍고 해서 깜쪽같았던 모양이다. 그렇지만 2월도 다 가고 3월이 되어 4월 초의 출산일이 다가오자 휴가를 맡아야 할 텐데 참으로 난감했다.

그때 주간으로 있던 시인 김규동 선생님께 부끄러움을 무릅쓰고 말씀드렸더니 단 둘만의 비밀로 하고 한 달 휴가를 맡게 해주었다.

회사에서는 해외여행을 하게 되어 한 달쯤 휴직하는 걸로

소문을 내기 시작했다. 생활에 보탬이 되려고 직장생활을 했다기보다 시어머니와 하릴없이 마주앉아 있다는 것이 너무 싫었다. 이화대학 졸업 후 출판사인 《학원사》 기자로 입사해서 다년간 기자생활을 했기 때문에 계속 직장생활을 하고 싶었다고나 할까.

그런데 휴가를 맡은 한 달이 다 지나가려고 하는데도 아이는 나올 생각도 하지 않았다. 시어머니는 자주 머리도 감고 발도 자주 씻으면 애가 빨리 나온다고도 했다. 나는 매일 머리를 감고 발도 씻어 댔지만 여전히 감감 무소식.

한 달 휴가가 다 지나도 아이가 나오지 않아 하는 수 없이 김 주간에게 전화를 걸어 10일간만 더 휴가를 연기해 주십사고 사정 이야기를 했다. 그랬더니 하는 수 없지 않느냐며 10일의 휴가를 더 받았다.

드디어 4월 3일 아침 그날도 머리를 감고 발을 씻고 있는데 뭔가 좀 이상했다. 배가 아프기 시작한 것이다. 30여 년 전인 그때만 해도 산부인과에 가거나 그러지를 않았다. 그저 동네 산파나 불러서 집에서 낳는 게 보통이었던 시대다.

마침 사촌 시누이가 산부인과에서 다년간 간호사로 있었고 산파면허까지 있어서 시누이를 불러 내 허벅지에 촉진제 주사를 한 대 놓고 출산준비를 했다.

위로 아들을 둘이나 낳은 경험이 있었기 때문인지 세 번째는 거의 태연하고 아무렇지도 않았다. 다행히 아침 10시 반에 아기를 순산하고 방에 누워 있었다. 시누이 산파도 가고.

그런데 웬일인지 시어머니가 보이지 않는 게 아닌가. 집 안이 너무 조용했다. 위로 두 아들은 낳았을 때 시어머니는 거의 춤을 추고 다녔다. 희색이 만면하며 옆에서 떠날 줄 모르고 미역국이며 밥이며 챙기기에 바쁘지 않았던가.

부엌문을 살짝 열어 봤더니 시어머니가 울적한 얼굴로 아궁이 앞에 쪼그리고 앉아 계셨다. 그때만 해도 장작불을 지펴서 밥이나 국을 끓일 땐데 잠자코 불만 때고 계시는 시어머니 표정이 너무 이상해서 가만히 부엌문을 닫고 자고 있는 아기의 밑을 더듬어 봤더니 뜻밖에도 딸이 아닌가. 워낙 딸이 귀한 집안이라고 하기에 아예 딸이라고는 나 자신 꿈에도 생각지 못했다. 그제서야 시어머니의 그런 모습이 납득이 되어 다시 부엌문을 열고, "어머니 죄송해요. 딸인 줄 몰랐어요." 하고 무슨 죄인처럼 사과를 했더니 시어머니는 볼멘소리로 "셋이나 마저 채우고 낳을 일이지." 하는 것이 아닌가. 아들 둘 있으니까 셋까지 채우고 딸 낳아도 낳을 일이지…….

욕심도 대단하시지 내가 만약 줄줄이 딸만 셋쯤 낳았더라면 쫓겨났을지도 모를 일 아닌가. 어쨌든 애기를 낳고 10일이 지나자 나는 약간 부기가 가시지 않는 얼굴로 출근을 해야 했다. 한 달 열흘을 쉬고 보니 도저히 미안해서 자리에 더 누워 있을 수가 없었다.

　이렇게 날 때부터 나를 난처하게 했던 딸은 아이들 셋 중
에서도 유난히 내 애간장을 태우며 커 갔다. 첫째로 성질이
원만하지 못하고 까다롭고도 별난 아이여서 집에서 일하는
처녀 아이와도 번번히 싸웠다.

　그렇지만 4대 독녀라는 그것 때문인지 집안 사람들의 사랑
과 관심을 독점하여 자란 것도 사실이다. 어쩌다 우리 부부
가 부부싸움이라도 할라치면 아들 둘은 방문을 열어보곤 이
내 남의 일처럼 문을 쾅 닫고 마는데 딸은 그게 아니다. 끝까
지 우리 부부 사이에 끼어들어 싸움을 말리고 화해까지 시키
고야 마는데다가 스스로 선악의 심판까지도 도맡아서 하는
열성을 보였다. 그래서 부부 사이의 문제도 이 아이에게 이
야기하게 되고 커갈수록 가정문제의 상담역까지도 해냈다.

　사리 판단이 분명한 편이어서 조금도 비뚤어진 꼴을 못 보
는 성질은 집안 사람을 불편하게도 했지만 비교적 명랑하게
자라 주었다. 사춘기가 되고 어엿한 처녀로 자라면서부터 얼
굴도 모르는 청년한테서 짝사랑을 호소하는 러브레터도 날
아 왔지만 그 아이는 이성교제나 이성문제 같은데 별 관심조
차 보이지 않았다.

　어찌나 셈이 많은지 남한테 지지 않으려고 무척 노력하는
편인데도 대학시험에 몇 번이나 낙방한 후로는 나를 무척이
나 괴롭히는 주범이 되고 말았다.

　전문대학을 졸업한 후로 다시 재수해서 명문대학에 입학

할 때까지의 그 정신적 물질적 고통은 평생을 두고도 잊혀지지 않을 것이다. 딸아이의 대학 합격자 발표날 아침의 일을 나는 결코 잊을 수가 없다. 발표날 아침 나는 꼼짝도 할 수 없을 만큼 초긴장이 되어 경직되어 있었다. 불안한 가운데 주님의 사진 앞에 엎드려 기도를 드리고 있었다.

"주님 저는 도저히 일어설 기력도 없고 옷을 갈아입고 나갈 힘도 없습니다. 보나마나 이번에도 또 낙방했을 텐데……."

또 떨어지면 우리 모녀는 15층 아파트에서 떨어져 죽을 수밖에 없다고 생각하고 있었기 때문이다.

"저의 모녀는 이제 살아갈 기력조차도 없습니다. 어떻게 하면 좋겠습니까? 저희들 모녀를 불쌍히 여겨주소서."

울면서 이렇게 한 시간쯤 앉아 있으려니까 갑자기 주님의 사진에서 이상한 소리가 들리는 게 아닌가.

"기적을 이룩해 놨으니 가보라."

그 순간 나는 너무나 기뻐서 "주님 감사합니다." 연신 말을 해대며 주섬주섬 옷을 갈아입고 합격자 발표장으로 달려갈 힘이 생겼다.

'기적을 이룩해 놨으니 가보라.' 믿어지지 않을 만큼 분명히 주님의 사진 쪽에서 이런 말씀이 들린 것이다. 그렇지 않으면 내가 무슨 힘으로 옷을 입고 뛰다시피 학교까지 달려갔겠는가. 단 한줌의 자신도 없었는데…….

학교로 뛰어가자 합격자 명단이 벌써 나붙었는지 사람들
이 인산인해였다. 그때였다. 정문 다리쯤에서 딸이 달려오는
게 보였다.

"엄마. 됐어!"

딸의 얼굴은 환희에 핀 장미꽃 같았다. 우리는 얼싸안고
기뻐하며 다시 한 번 합격자 명단 앞으로 갔다.

그 후 딸은 드디어 학교를 무사히 졸업하고 도자기를 만드
는 도예가가 된 것까지는 좋았는데 혼기를 맞아 또 한번 홍
역을 치르는 어려움을 겪게 되었다. 대학시험에 낙방해서 재
수, 삼수하는 고통은 아무것도 아닐 만큼 결혼문제도 잘 풀
리지 않았다.

선을 보기 시작하면서부터 우리 가정에는 문제가 끊이질
않았다. 우리가 좋으면 상대 쪽이 싫다 하고 우리가 싫다 하
면 상대 쪽이 좋다는 등 도무지 의견이 맞질 않은데서 생기
는 정신적 피해가 이만저만 아니었다. 7~8년을 계속 이런
식으로 줄다리기를 하다가 끝내는 결혼을 단념해버리기로
하고 오빠가 먼저 가 있는 독일로 유학이나 보내야겠다고 알
아봤지만 오빠의 반대로 그것도 뜻을 이루지 못했다. 체념상
태로 1년여를 지내는데 뜻밖에도 좋은 혼담이 들어온 것이
다.

혼담이 들어온 것까지는 좋았는데 어찌나 까다롭고 재래

식 혼사를 고집하며 트집을 잡는지 중매결혼을 하는 게 이렇게 어려울 줄은 몰랐다.

그 후 둘은 결혼을 하고야 말았다. 이내 애기가 들어서고 곧 까다로운 임신기간을 겪게 되었다. 아무것도 먹지 않고 구역질만 하기 때문에 먹을 것도 마련해 줘야 하고 집안 청소며 빨래까지 친정어머니인 내가 왔다 갔다 하며 챙겨줘야 했다.

사위가 또 딸만 넷 있는 외아들이라 손을 기다리는 건 당연한 일이고 딸이 바로 임신이 돼서 여간 다행한 일이 아니었다. 배가 점점 불러오자 내 자신의 출산일처럼 불안해지기 시작했다. 차라리 내가 대신 애기를 낳고 말지 딸이 진통을 겪을 일이 꿈만 같고 제발 나도 모르는 사이에 쑥 빠트려줬으면 하는 마음 간절할 뿐이었다.

어렵게 9개월도 다가고 출산달이 되어 신랑이랑 둘이 산부인과에 갔는데 병원에서는 자연분만을 하라고 하더라나. 산모 나이 30이 넘은 32세의 초산인데다 빈혈기도 있어 제왕절개를 하고 싶어 했지만 별 이상이 없는 한 자연분만을 하는게 좋다고 생각했다.

독일 같은 선진국에서도 자연분만을 적극 권장하고 있다는 애기를 들었다. 제왕절개니 무통분만이니 하는 것은 인체에 해롭기 때문에 자연분만을 권하고 있다는 것이다.

내 여동생도 36세에 초산을 했다. 아들을 자연분만했지만 순산했던 일이 생각나서 그 얘기까지 해주며 자연분만을 권했지만 딸은 못내 불만이었다.

재래식대로 아무것도 모르고 그냥 집에서 애기를 가족들의 도움만 받아가며 순산하고 엄마 젖을 빨리며 기르던 옛날이 그리워지기까지 했다. 금딸 옥딸하며 애지중지 길렀던 딸은 이렇게 남의 식구가 되어 여자의 길을 가기 시작했다.

갓 시집보내놓고는 그 아이가 자꾸 되돌아 올 것만 같은 생각이 들어 인기척만 나도 현관문을 열어보곤 했지만 그 집안의 대를 잇는 중대사를 감당하고 있는 모습을 보니 그런 것이 다 부질없는 생각이 들었다.

학교 다닐 때 딸의 별명이 '히프킹'이었으니까. 그 유명하게 큰 엉덩이 덕을 톡톡히 봤는지 떡뚜꺼비 같은 아들을 낳았다. 12시간의 진통 끝에 나는 드디어 외할머니가 된 것이다.

잊을 수 없는 집

아카시아 꽃향기가 점점 엷어져서 거의 안 날 무렵이면 5월이 다 가는 것 같다. 붉은 장미꽃도 지고 밤나무 꽃들이 빛을 잃어가는 초여름의 창가에 나는 서 있다.

40년간 서울에 살면서 아들 둘 딸 하나인 3남매를 모두 출가시키고 나니 서울을 벗어나서 살고 싶은 생각이 간절했다. 그래서 먼저 결행했던 곳이 제주도였다. 서귀포 동흥동이란 곳에 작은 아파트 하나를 사서 이사했다.

그런데 한 일 년 살아보니까 그게 아니었다. 우리 부부 둘다 서울을 자주 드나들 일이 생기고 시외전화 요금도 만만찮게 나오는 데다 도무지 제주도의 경치 보는 것 이외는 따로할 일도 없고 아는 사람도 없을 뿐 아니라 점점 할 일이 없다는 게 견딜 수 없게 되어 다시 서울로 되돌아 갈 생각을 하게 된 것이다.

서귀포 아파트를 전세 놓고 1년 만에 올아온 곳이 서울이
아닌 수원이었다. 경기도니까 1호선 전철로 서울 가기도 가
깝고 시외버스도 수시로 있어서 교통이 우선 만만했다.

수원 서둔동에 있는 한 작은 아파트의 안방이 이내 내 마
음에 들었다. 방 두 개에 거실과 부엌이 딸려 있는 22평짜리
아파트의 이 안방에서 내가 보고 싶었던 거의 모든 경치가
한눈에 보인다.

우선 유리 창문을 통해서 넓은 빈밭이 한눈에 들어온다.
밭 저쪽에 산이 있는데 그 산중턱에 과수원이 보인다.

이른 봄에 분홍색 꽃이 피어나더니 하얀 배꽃도 피는 게
보였다. 사과와 배나무밭인 듯했다. 그 과수원에서 쭉 내려
오면 작은 공원 하나가 있다. 그 공원엔 밤나무가 한 열 그루
쯤 보이고 잘생긴 소나무 몇 그루에다 백양나무며 버드나무
가 있고 나머지는 전부 포도밭이다.

이른 봄엔 공원 주위에 노란 개나리가 탐스럽게 피는가 싶
더니 붉은 진달래도 다투어 피었다.

좁다란 공원길 가장자리에는 작은 꽃나무들이 심어져 있
고 그 버드나무나 백양나무에는 까치가 늘 살고 있다. 그런
데 저쪽으로 눈을 돌리면 전철이 오가는걸 볼 수 있다.

화서역에서 전철이 멎곤 떠난다. 저 산 너머에는 제법 큰
'서호'라는 호수가 있고 호수 옆으로는 수원 진흥청의 시험

재배밭이 쭉 있다. 어림잡아 양 벌판에 몇천 평 되는 것 같다.

지금은 초여름이라 지난 초봄부터 산천초목이 푸른빛으로 되살아 났다. 창문을 열어 놓으면 마치 푸른색 바람이라도 불어오는 것 같지만 지난겨울은 참으로 황량한 들판이었다.

출가한 딸 내외가 세배를 와서 점심을 먹고 있는데 흐린 하늘에서 함박눈이 내리기 시작했다. 딸과 사위는 점심을 먹다 말고 창가에 서서 연신 감탄사를 연발했다.

"어머, 저 눈 좀 봐. 정말 너무 멋있다."

딸은 그 경치에 놀라는 듯 하염없이 보고 있는 게 아닌가.

"얘. 떡국 다 퍼지겠다. 저녁때까지 계속 올 텐데. 어서 먹고 봐."

내가 다구쳤더니 아예 떡국 대접을 들고 서서 눈 내리는 경치에 도취하면서 먹는 게 아닌가.

"함박눈이 산에 들에 오니까 정말 센티해지는 데요. 어쩜 저렇게 흩날리죠."

"글쎄 말이야. 오늘은 여기서 자야겠어요."

그들은 그날 밤 우리집에서 하룻밤 묵고 갔다. 그뿐 아니다. 맑은 날은 새벽이면 동산에서 해가 떠오르는 게 보이고 밤이면 달과 별이 선명하게 안방에서 다 보이는 것이다. 북두칠성의 일곱 개 별이 너무도 선명하게 보이는가 하면 보름 달이 떠오르면 온 방에 달빛이 가득 찬다. 그래서 나는 달리

들이나 산을 찾아서 나들이 갈 필요성을 느끼지 않게 되었
다.

식탁에 앉아서 식사를 하면 그 식탁에서 산의 나무나 진달
래 핀 것까지 보이니 마치 소풍와서 밥 먹는 기분이 들 정도
다.

지난날 2~30대를 성북동 한옥에서 살았다. 거의 20년 한
집에서 살았는데 그 집 안방은 대낮에도 불을 켜야만 신문이
나 책을 읽을 수 있었다. 안방에 다락이 있고 다락 밑엔 부엌
이었는데 방문을 열고 나가면 마루가 있고 마루 건너에 건넛
방이 있고 대청마루에선 신발을 신고 마당으로 나가게 되어
있었다.

높은 축대 밑에 있는 집이라 안방에서 보이는 것이라곤 옆
과 뒤로 막힌 축대뿐이어서 마치 깜깜한 굴속 방이었다. 마
당 양옆으로 방이 3개 더 있고 대문 앞에 작은 텃밭이 하나
있었으며, 그 텃밭엔 꽤 큰 단풍나무 한 그루가 서 있어서 동
네 사람들은 우리집을 단풍나무집이라고 불렀다.

그 텃밭 때문에 대문이 두 개 있었다. 집에 붙어 있는 대문
이 본 대문이고 텃밭을 지나면 계단이 댓 계단 있고 또 길가
쪽에 작은 대문이 하나 또 있어 별칭으로 '대문 두 개 집'이
라고도 했다.

그런 안방에 20년 가까이 살아야 했던 나는 늘 시원하고
전망이 확 트인 집이 소원이었다. 거기 살다가 1977년에 강

남에 있는 아파트로 처음 이사 갔을 때 나는 그 소원을 조금이나마 풀었다. 안방에서는 베란다 밖이 보이지 않았지만 거실에 나가면 5층에 있었기 때문에 제법 산도 보이고 들도 보이는가 하면 하늘도 보였다. 그렇지만 이 집처럼 안방에 가만히 앉아서 이 모든 경치를 보고 살기는 난생 처음이다.

밤이면 저 산 기슭이 바로 항로인지 연신 비행기가 반짝반짝 날개에 불을 켜고 거의 2~3분 간격으로 날아 온다. 국내선은 좀 낮게 뜨고 높이 떠 불도 휘황한 건 국외선 여객기 같았다.

어쩌다 바람이 세차게 불면 포플러나무 잎사귀들이 찰랑찰랑 소리를 내는 게 들릴 정도로 적막하기까지 하다. 그런 적막을 갑자기 시도 때도 없이 깨는 게 바로 제트기 날으는 소리다.

오산 미군 비행장이 가까이 있는 탓이라고 한다. 고막이 터질 듯한 소리를 내는 제트기가 수시로 날아 오르는 것이다. 이 소리는 잊었던 전쟁을 일깨워주기 때문에 싫다. 옥의 티라고나 할까. 제트기 소리만 안 난다면 그야말로 좋겠는데…….

헬리콥터도 수시로 날은다. 그것도 이 안방에 앉아서 얼마든지 본다.

비가 오면 비가 오는대로 좋고 눈이 오면 하얀 설경을 이루는 이 안방을 내가 언제 또 다른데 가서 산다 해도 결코 잊을 수 없으리라. 뻐꾹뻐꾹 뻐꾸기 우는 소리도 지척에서 들린다.

머나먼 친구

빗소리가 음악보다도 듣기 좋은 저녁이면 나는 그 친구가 몹시 그리워진다. 우리는 고등학교 때 한 반이었다.

어느 날 수업시간이었다. '아리사의 일기'라는 문장을 해석하는 영어 시간이었는데 작은 쪽지 하나가 전달되었다. 작게 접은 쪽지를 펴 보니까 이렇게 적혀 있었다.

"당신은 달입니다. 가을밤의 달이요."

나는 그 표현이 어찌나 마음에 들었는지 곧 다른 쪽지를 보냈다.

"당신의 글씨는 참으로 달필이오. 표현도 시적이지만."

다행히 영어 선생님에게 들키진 않았지만 우리는 어쨌든 서로를 좋아하게 되었다. 그는 어딘가 남성적인데가 있었고 나는 대조적으로 여성적인 것 같았다. 그는 공부도 우등생이었지만 목소리도 우렁차고 리드쉽이 있어서 학도호국단 대대장이었다.

그러면서 독실한 가톨릭 집안이어서 할아버지 때부터 대구 남산동에 있는 어느 성당의 회장님 댁으로 통하고 있었다. 우리 집안은 어머니가 집에 부처님을 모시고 계실 정도로 불도를 숭상하는 집안이었지만 나는 그의 종교에 약간의 관심을 가지기 시작했다.

그러던 어느 날 나는 그의 어머니가 계모라는 사실을 알았다. 감수성이 예민한 여학교 시절에 누구네 엄마가 계모래 하는 소문은 우리에게 가히 큰 충격이 될 수 있는 사건이었다.

나는 그 친구에게 다가가서 동정어린 목소리로 말했다.

"얘. 너의 엄마가 계모라는 소리 들었어. 왜 여태 그런 말 안 했니."

그러자 그는 화를 벌컥 내면서

"누가 그래. 그런 말 하는 친구하고는 다시 말도 하기 싫어!" 하더니 쏜살같이 다른 데로 가버리는 게 아닌가.

그로부터 2주일이 넘도록 정말 그는 나만 보면 피하고 냉냉했다. 나는 어이가 없었지만 그가 너무 화가 나 있어 어떻게 할 수도 없었다. 그러던 어느 날 내 필통 속에 편지 한 장이 들어 있었다.

'우리 어머니처럼 착하고 천사 같은 분을 감히 계모라는 이름으로 부르지 말아 줘. 나를 낳아 주신 어머니는 하느님이 데려가셨지만 그 대신 날 낳으신 어머님보다 몇 배 좋은 분을 하느님은 보내주신 거야. 나는 그렇게 믿어.'

나는 그의 편지를 보고 처음엔 얼른 이해가 되지 않았다. 위선자 같으니라구! 아무리 자길 낳은 엄마보다 더 좋을까! 어쨌든 이렇게 해서 냉전은 끝났지만 나는 내 속에 있는 말을 그대로 하진 않았다. 그냥 그를 보고 보름만에 처음으로 웃어주었다. 그도 마주 웃었다. 약간.

그런데 그건 사실이었다. 그의 집에 놀러 갔을 때 나는 그 어머니를 보고 친구의 말이 사실로 받아들이게 되었다. 새어머니는 애당초 수녀였다. 내 친구와 오빠 두 남매를 돌아가신 어머니 대신 잘 길러보겠다고 스스로 수녀복을 벗고 자진해서 이 집으로 시집왔다는 것이다. 아버지가 그럴 수는 없다고 극구 사양했지만 독실한 가톨릭 신자인 아버지의 믿음이 한 수녀로 하여금 파계케 했다고나 할까. 그때 아직 3살과 1살밖에 안된 남매를 데리고 혼자 살아가는 홀아비에게 동정이 가기도 했겠지만 첫째는 아이들을 돌보다 보니 정이 들기도 해서 어머니가 되기로 결심한 것 같았다.

새어머니가 시집온 후 다시 남매를 낳아서 그들은 4형제였다. 그런데도 헌신적이고 종교심이 강한 분이라 조용하고 그야말로 천사의 화신처럼 사랑으로 그들을 키웠다. 그와 나는 수많은 날들을 붙어 다녔다. 학교 뒤에 있는 영산못가는 우리들의 우정의 산실이었다. 가지가 축 늘어진 키 큰 수양버들이 호숫가에 쭉 심어져 있었는데 학교 수업이 끝난 방과후만 되면 그 영산못가를 수없이 돌았다. 몇 바퀴를 천천히 돌면서 문학 얘기며 우리가 읽은 책의 독후감 같은 걸 노을이 지고 깜깜해질 때까지 얘기했다. 시와 음악 등 수많은 화제가 오갔다. 그는 변론부장이었고 나는 문예부장이었기 때문에 서로가 맡은 부에 대한 조언도 하곤 했다.

그는 노래도 아주 구수하게 잘 불렀다. 영산못 저쪽에는 양떼나 황소가 한가롭게 보이는 목장도 있었는데 우리는 그 목장에 가보기도 하면서 수많은 봄 노래며 세레나데도 같이 불렀다. 그 화음처럼 우리는 통했다.

고등학교 졸업이 다가올 무렵 우리는 서로가 말 못할 작은 비밀을 갖게 되었다. 그도 누군가 이성을 사랑하게 된 것 같고 나도 어떤 선생님을 좋아하기 시작했다. 그렇지만 그건 어디까지나 벙어리 냉가슴 앓은 식의 막연한 동경일 뿐 입 밖에 내고 이야기할 만한 일은 못되었다. 이제 겨우 싹트기 시작한 야릇한 감정만 있었을 뿐 겉으로 나타낼 만큼 별다른 비밀은 없었다. 그러다 우리는 졸업하고야 말았다.

나는 서울로 올라와서 대학에 다녔고 그는 대구에서 대학에 진학하게 되었는데 서로가 대학에 입학한 지 보름만에

6·25가 난 것이다. 우리는 서로 소식조차 모르고 1년을 지냈다. 내가 대구로 간 것은 6·25가 난 그해 초가을이었다. 서울에서 김천까지 걸어간 것이다. 김천에서 우여곡절 끝에 아버지를 만나 대구까지는 차를 타고 갔지만 그때 수정이를 대구에서 만났다. 그 친구 이름이 바로 김수정이었다. 그러다 부산 가교사에서 우리 대학이 개학했다는 소식을 듣고 나는 부랴부랴 부산으로 가야 했기 때문에 우리는 또 헤어져야 했다.

내가 부산에서 학교를 다니다 9·28 수복, 1·4 후퇴 등을 거쳐 다시 서울로 오게 되었고 나는 그대로 서울에 눌러 앉게 되었다. 그는 대구에서 대학을 졸업하고 프랑스에 있는 어느 수도원으로 가서 수녀가 됐다는 소식을 대구 친구로부터 들었다.

그는 프랑스 수녀원의 수녀가 된 지 몇 년만에 우리나라에 있는 성심여대(현 가톨릭대학교)로 오게 되었다. 신학 강의를 맡게 된 것이다. 겨우 학교로 연락해서 통화가 되었다. 나는 그때 결혼해서 이미 3남매의 엄마가 되어 있었고 동아방송의 '고운정 미운정'이란 프로의 원고를 쓰고 있을 때였다. 우리는 서로가 30대 중반을 넘어서고 있었다. 수녀가 된 그와 내가 다시 만난 것은 우리가 여고를 졸업한 지 13년쯤 되는 해의 한여름 날이었다.

명동성당 앞에서 만나기로 했는데 그는 하얀 수녀복을 입고 나타났다. 머리에는 흰 수녀 모자를 쓰고 긴 치마 옆에는 굵은 묵주가 드리워져 있었다. 수녀와 같이 명동칼국숫집에 갔더니 모두들 쳐다보는 것 같았다. 점심을 먹고 난 후 그를 데리고 우리집으로 왔다.

그동안의 이야기도 이야기지만 나는 가리워져 있는 그의 머리가 궁금해서 어떻게 하고 있느냐고 물었더니 긴머리를 고무줄로 묶어서 올린 다음 머리핀으로 꽂고 흰 수녀 모자를 쓴 것뿐이라고 설명했다.

그런데 그때 나도 가톨릭 신자가 되어 있었다. 혜화동 성당에서 영세를 받은 지도 벌써 7년쯤 지난 뒤였다.

내 본명이 데레라라고 했더니 그는 놀랐다. 그렇지 않아도 나를 위해 늘 기도했는데 그 기도가 통한 것 같다고 했다.

그리고 공교롭게도 그도 소화 데레사라는 것이다. 우리는 같은 본명으로 영세를 받은 것이다. 나는 그 친구를 만나 그동안 쌓인 할 말이 너무나 많았다. 첫째 아무한테도 말 못하고 있었던 내 첫사랑 얘기를 그에게 고해성사하듯 다 얘기했다. 내 첫사랑의 대상은 그 친구도 잘 아는 선생님이었다.

그 선생님과는 6·25가 나던 불과 일주일 전에 서울에서 한 번 만났을 뿐이지만 그분은 이미 남매가 있는 기혼자였기 때문에 나는 양심의 가책을 느끼고 있었던 것이다.

6·25가 나자 그 선생님은 그만 남로당으로 몰려 억울하게 총살을 당하셨다. 사실은 대학에 다닐 때 학생회장을 지

냈을 뿐 남로당 명단에는 강제로 올려졌다고 언젠가 얘기한
적이 있었다.

친구는 그 얘기를 다 듣고 나더니 너무나도 놀랐다. 그런
줄 몰랐다는 것이다. 아까운 인재 하나가 난데없는 전쟁 속
에 그만 희생되고 말았다며 우리는 같이 눈물을 글썽거리며
아쉬워했다.

그때는 성심여대가 강원도 춘천에 있었는데 그 먼데까지
출강해서 받는 강사료는 전부 수도원으로 납부되고 자기는
왕복 차비만 탄다고도 했다. 헌신적인 봉사생활을 하는 것
같았다. 그러면서 내년이면 다시 프랑스로 가서 신학박사 코
스를 밟아야겠다고 했다. 이듬해 나는 김포공항에서 유학길
에 오르게 된 그를 전송하고 있었다. 그의 이복 남동생도 전
송 나와 있었다.

"누나. 나도 신부 되고 싶은데." 남동생은 떠나는 누이에게
이렇게 말했다. 그러자 그 친구는 탑승구를 나가면서 한다는
말이 "바라, 야. 신부는 되지 말아." 라고 대답했다. 왜 신부
는 되지 말라고 하는 것일까. 나는 그 말을 의아해하면서 그
를 떠나보냈다.

5~6년 후 그는 정말 신학박사가 되어 돌아왔다. 그런데
수녀복을 벗고 온 것이다. 평상복을 입은 그는 갑자기 매력
이 없어졌다. "그래도 수녀복이 훨씬 어울리는 것 같았는데
이게 뭐야." 하고 내가 불평을 했더니, "아이다. 옷만 벗었을

뿐 생활은 여전히 수녀로 살거다." 그는 남자처럼 굵은 목소리로 이렇게 말했다.

우리는 자유스럽게 돌아다니며 다시 만나게 된 재회를 마음껏 즐겼다. 명동성당에도 갔다. 공중전화 부스에서 전화를 거는데 아주 유창한 불어로 전화를 거는 그의 모습이 어찌나 부러운지. 나도 불어를 그렇게 유창하게 할 수 있다면 얼마나 멋있을까. 그는 곧 대구 어느 대학으로 발령이 나고 독신자 아파트에서 출근하게 됐다.

신학과 불어를 강의하는 그의 모습이 눈에 선하다. 이제 학문에 도취돼서 사는 대학교수가 된 것이다. 정말 마음에서 우러나는 멋있는 강의를 하고 있을 것이다. 일생 동안 결혼은 하지 않고 오로지 신에게 바친 몸으로 살면서도 매우 낙천적인 그.

그럭저럭 한 십 년 그를 만나지 못하고 살아온 것 같다. 그래도 내게 진짜 친구라고는 수정이밖에 없는데. 학교 동창이 돼서 그럴까. 몇 년 만에 만나도 우리는 속에 있는 말을 다 할 수가 있을 것 같다. 그리고 늘 보고 싶어 하면서 살아가는 걸 보면 우리 우정도 팔자가 센 모양이다. 오랜 세월 떨어져 있어도 바로 어제 만났다 헤어진 사람처럼 우리는 또 스스럼없이 이야기를 주고받을 수 있을 것이다.

친구라는 게 도대체 뭘까. 부부처럼 비록 한집에서 살지 않는다고 해도 서로의 아픔과 기쁨을 다 알고 지내는 게 바로 친구가 아닐까.

"그런데 아직도 그가 살아 있을까!"

문득 이런 의심이 갈 만큼 우리는 서로가 소식을 모르고 산다. 그런데 늘 잊지 못하는 친구임엔 틀림없다. 정(情)이란 참으로 끈질긴 전깃줄 같아서 그 숱한 세월도 머나먼 거리도 그 줄을 끊을 수 없다는 걸 알고 있을 뿐이다.

커피잔만한 머리들

지난여름 나는 드디어 일본에 갔다 왔다. 실로 13년간이나 벼르던 여행이었다. 내가 방송작가실에서 일했기 때문에 도무지 시간을 낼 수가 없었던 것이다.

내게는 말썽꾸러기 여동생이 하나 있는데 그 여동생이 일본 남자와 결혼해서 일본에 건너간 지가 꼭 13년이 됐고 그들 사이에서 태어난 아들이 올해 14살이 되도록 나는 그들이 어떻게 살고 있는지 한번 가본다 가본다 하면서도 여태 못가 봤기 때문이다.

그 여동생은 우리 여형제 세 사람 중에서도 가장 멋있고 늘씬한데다 얼굴도 표준 이상으로 잘 생긴 반면에 개성이 강한 편이며 제멋대로 살고 싶은 자유형이어서 늘 내 속을 썩혔다.

어릴 때는 엄마만 어디 가고 안 계시면 방에 홑이불을 쳐놓고 엄마 코디분이나 볼연지를 훔쳐 바르고선 엄마 한복이나 목도리까지 꺼내서 연극놀이를 하는 바람에 엄마가 갑자기 돌아오시기라도 하면 폭군이라도 만난 듯 연극놀이는 박살이 나고 그 애는 엄마의 호된 맷감이 되기도 해서 나는 그것을 뜯어 말리느라 진땀을 빼야 했다.

그런데 한두 번 야단 맞으면 안할 법도 한데 그 아이는 그 놀이든 무슨 짓이든 막무가내로 저 하고 싶은 대로 하는 버릇이 있었고 엄마는 엄마대로 끝까지 하다 안되면 내 남동생 그러니까 그 아이의 오빠에게 야단치기를 인계해서 오빠를 피해서 살구나무 위에 올라앉은 그 아이를 기어이 내려올 때까지 오빠는 나무 아래서 지키고 하나는 나무 위에서 그냥 잠들어 나는 두 남매 땜에 또 속이 상했다.

하나가 그만 내려와서 응당의 벌을 받고 말든지 아니면 기다리는 나무 아래 아이가 그만 단념하고 저녁이나 먹고 잠이나 자든지 두 아이가 똑같이 대치하고 있는 상태에서 나도 편히 저녁밥을 먹고 내 공부를 하기엔 내가 너무 신경질이었기 때문이다.

그런 그 여동생이 사춘기 아가씨로 자라면서 이제는 남자들에게 미행을 당하거나 공부는 죽어도 하기 싫어해서 어디 취직이라도 시켜야겠는데 이것이 또 새로운 골칫거리였다. 나를 믿고 대구에서 서울로 아주 왔는데 처음 올라온 그해

가을에 그만 어느 남자의 애인이 되고 만 것이다.

여자는 18세 남자는 37세. 여자는 키만 멀쑥하고 철이 없는데다 눈만 크고 다리가 늘씬해서 초미니 스커트가 기차게 잘 어울리는 그런 팔등신이며 남자는 공군 대령. 장교복이 아주 멋지게 어울리는 37세의 독신남성이었다. 알고 보니 그의 아버지도 의학박사며 형들도 둘 다 결혼해서 아버지 병원 일을 돕고 있을 정도로 명문가였는데 이 사람만 유독 독신을 고집하고 있었다. 왜냐하면 '빨간 마후라'들이 비행기 사고로 너무 자주 순직하기 때문에 과부며 아버지 없는 아이들의 생계대책을 공군에서 맡아보다 보니 자기 하나만이라도 아예 결혼을 하지 말아야겠다는 결심을 하게 됐다는 것이다.

그렇게 만난 그들은 마치 환쌍의 명콤비처럼 열렬한 사랑에 빠졌다. 나이 차이야 뭐 대수로우랴 싶어서 그들의 열애를 나도 찬성했다. 그들의 만남을 적극 도와줬다.

그런데 그 독신주의 공군 대령이 그만 자기가 사랑하던 애기(愛機)를 몰고 가다 짙은 안개로 인해 추락하고만 것이다. 그때 나이 48세였다. 그러니까 그들이 만난 지 장장 11년 만에 갑자기 그들은 사별하고 말았다.

여동생은 완전히 이성을 잃고 며칠을 울어대더니 70이 넘은 그 공군 대령의 어머니를 전화로 알게 되어 이제는 아침이고 밤이고 전화 통화는 몇 시간씩 계속되었다. 전화를 붙들고 울다가 어느 한쪽이 까무라치면 비로소 전화를 끊곤 했다.

그러기를 6개월쯤 그 상태가 계속된 것 같다. 국군묘지에 그가 묻히고 비석이 세워지자 그녀는 눈이 오나 비가 오나 하이타이와 물 양동이, 꽃다발을 들고 가서 동작동에 있는 장군 묘지로 출근하기 시작했다.

비석을 하이타이로 닦고 화병에 꽃도 꽂고 그 앞에 꽃나무를 심는 등 묘지 가꾸기와 대화를 일삼다 해가 져야 집에 오는 일을 2년쯤 계속했다. 그러다 동작동 국군묘지에서 일본인 관광객 하나를 우연히 만났다. 그 사람이 바로 32세의 일본인 노총각. 이 32세의 노총각은 바다에서 살다시피하는 일본 유수의 선박회사 직원으로 그 배의 부선장이었다.

9대 독자로 태어나서 자기 집이며 선산도 있고 어머니는 10살 때 이혼했다고. 늙은 아버지가 홀로 노환으로 여생을 보내고 있다며 올해는 어떤 일이 있어도 꼭 결혼해야 한다고 했다. 국군묘지에서 처음 만난 후 한 달쯤 됐을 때부터 두 사람은 일본 말을 할 줄 아는 우리집에 와서 신혼부부 생활에 돌입했다.

"안돼요. 하필이면 세계 허구 많은 인종 다 두고 우리나라와 사이가 나쁜 일본 남자라뇨! 글쎄, 안된다니까요. 더구나 배 타는 사람을 어떻게 믿고."

나는 단호히 거절했다. 내 거절은 참으로 단호하고도 결사적이었다. 내 꼴을 보더니 그는 고개를 떨구었다. 그가 단념하고 돌아간 줄만 알았다. 5개월 후 어느 날 밤 국제 전화가 걸려왔다. 뜻밖에도 목이 콱 쉬어 잘 들리지도 않는 어느 일본 할아버지가 아닌가.

"다까시 애비 되는 사람인데 지금 2년째 중풍으로 누워 있는 환자요. 제발 우리 집안의 대를 잇게 해주시오. 마음을 돌려서 동생을 우리 아들과 결혼하게 해주시오. 호적등본이며 재산명세서며 직장증명 등 믿을 만한 서류를 다 갖고 아들이 오늘 한국으로 건너갈테니깐 부디 이 노인의 애원을 물리치지 말아주시오. 부탁입니다."

대강 이런 전화 내용이었다. 건강하지 못한 고령의 노인이라 겨우 떠듬떠듬 끊어질락 말락 계속되었다. 그것이 되려 심금을 울리기에 족했다.

이 전화 한 통화로 눈 녹듯 사그라졌다. 그들은 돈암동에 있는 태극당 예식장에서 결혼식을 올리고 전셋집을 얻어 따로 살림을 차린 후 임신한 후 일본으로 떠났다.

그 후 아들을 낳아서 둘이서 안고 일본 본가로 떠난 지 13년이 지나도록 그들이 어떤 집에서 어느 정도 어떻게 살고 있는지 궁금했다.

물론 편지야 오가고 그들 내외가 5년에 한번씩은 다녀가는가 하면 엄마 아플 때도 병원 간호하느라 왔다 가기는 했지만.

동생 내외가 사는 곳은 동경에서 '신깐생'이란 전철을 1시
간쯤 타고 가는 곳에 있었다. 비싼 요금을 내고 탔던 신깐생
이 인상적이었다. 히로시마에서 내려 다시 여객선으로 30분
쯤 가는 곳에 그들 집이 있었다. 노미쪼라는 곳인데 거대한
세도나이까이 연안에 산재해 있는 아름다운 섬의 이름이었
다.

대나무들이 하늘을 찌를 듯 울창하고 아직도 깊은 산중에
서 끌어오는 지하수를 수도관에 연결시켜 식수로 사용하고
있었다.

연료는 프로판 가스 난방과 냉방시설은 완전히 전기화되
어 있었다. 서울이나 동경보다 어쩌면 교통이 더 편리하면서
생활수준도 현대화되어 깨끗한 마을이었다.

그곳에서 꼭 20일을 묵었는데 매일 히로시마에서 발행하
는 신문을 읽었다. 그러던 어느 날 나는 충격적인 기사와 사
진을 본 것이다.

기사 제목이 바로 '커피잔만한 머리들'이었다.

1948년 히로시마에 투하된 원자탄의 피해는 히로시마역
에 내려서 평화공원이라는 데를 먼저 안내받았을 때부터 실
감케 했다. 평화공원에는 원자탄 희생자들의 합동 무덤이 있
었다. 돌벽에 새겨진 희생자들의 최후 생존 모습들이 새겨져
있었다.

어떤 고등학생들은 학생복을 입은 채 작업장에 동원되어

일을 하고 있다가 원자탄을 맞고 어떤 사무직원들은 사무실에서 일하다 원자탄 세례를 받았다는 것이다. 평화공원 한쪽에는 당시의 빌딩이 앙상한 해골 모양의 참상을 드러낸 채 그대로 보존되어 있는데 그때 그 빌딩 내에 있던 사람들이나 혹은 일터에서 직장에서 원자탄을 맞은 사람들이 불붙은 몸을 견디기 어려워 평화공원 내에 있는 깊은 강물에 그대로 뛰어들었다. 지금 푸른 강물이 소리없이 흐르고 있지만 내가 서 있는 그 다리 위까지 시체로 가득 찼다.

그런데 그때 50리 밖 70리 밖에 있었던 임산부들의 아이가 태어나고 보니 별 기형아가 다 있었다고.

커피잔만한 머리를 가진 아이들이었다. 집집마다 그 나름대로 생각하기를 워낙 전쟁 중이라 영양실조로 그런 줄만 알고 그냥 쉬쉬하다가 알고 보니 그런 아이들이 히로시마 주변 20명쯤 있는 게 신문기자들에 의해 처음으로 발견되자 신문사에 초청해서 좌담회를 열었다. 그게 바로 그 사진이었던 것이다.

1948년에 태어났으니까 지금 1991년 자그마치 43세쯤. 어쨌든 40대 중반의 남녀들의 머리가 갓난 애기 머리보다도 더 작은 커피잔만 한데 놀라지 않을 수 없었다. 태어날 때부터 그만한 머리가 30대가 되고 40대가 되어도 여전히 그대로인 것이다. 그러니 취직도 못하고 학교도 못 가고 친부모가 부양하거나 자기 힘으로 뭔가 노동을 해서 먹고 살아야

하는데 사람들하고 전혀 어울리지도 않는 외톨이들이라는
게 특징이라고 했다.

이밖에도 원자폭탄으로 인한 피해 참상이 연일 그곳 신문
에 거론되었다. 내가 가 있던 그때가 마침 8월이어서 전쟁
종료의 달이었고 원자탄 투하의 달이어서 그랬을 것이다.

그런 곳에 살고 있는 동생 남편이었지만 다행히 전쟁이 끝
나는 일본 항복의 해에 태어났다는 사위도 워낙 2백 리쯤 떨
어진 곳에 살고 있었던 탓인지 아무 이상 없는 건강한 남성
으로 태어났고 내 동생도 건강하며 아들 역시 건강해서 학교
에서는 우등생으로 중학교에 잘 다니고 있었다.

집도 이상적으로 미니 2층으로 잘 지어서 2층 다다미방에
드러누우면 달이 창문으로 똑바로 보이고, 옆으로 돌아누우
면 북두칠성이나 별들이 방안으로 쏟아져 내릴 듯 가까이 보
였다. 난방이나 냉방시설도 잘 되어 있고 식량이나 부식품
등 모두가 무공해 식품이며 물도 자연수여서 고무장갑 같은
것도 아예없이 맨손으로 설거지를 해도 손이 매끌매끌한 게
주부 습진이라는 게 뭔지도 모르고 있었다.

물도 그냥 끓여서 먹건 수도꼭지에서 맹물을 받아 그냥 마
시고 있었다. 무슨 정수기니 하는 것도 없고 더구나 물을 사
먹는다고 했더니 돈이 썩었냐고 비웃었다.

그들은 고급 오토바이에 자가용도 있고 자전거 등 마당에
그냥 세워둔 채 잠을 잤다. 이 마을이 생긴 이래 250년 동안

도둑이라던가 강도를 당했다는 이야기를 단 한 번도 들어 본 적이 없다고도 했다. 히로시마까지는 배로 30분 히로시마 공항에서 아시아나의 비행기를 타고 김포공항에 도착했더니 정확히 45분밖에 걸리지 않았다. 둔촌동 우리집에서 여의도 KBS까지는 잘 가야 2시간 미도파까지는 잘 가야 1시간 10분쯤 걸리는데 말이다.

이럴 때 일본 히로시마에 있는 평화공원을 세계 각국 사람들이 줄이어 관광여행이라도 가서 자세히 한번 보고 갔으면 좋겠다. 그리고 40여 년이 지난 지금까지도 원자폭탄 희생자들이나 그때 엄마 뱃속에 있던 태아들이 지금 어떤 기형아로 태어나서 지긋지긋한 기형인생을 살아가고 있는지를 실제로 한번 눈여겨 보고 갔으면.

백문이 불여일견(百聞耳 不如一見)이라고 직접 내 눈으로 봐야만 세상 사람들이 정신을 차릴 게 아닌가.

'가미가제 특공대'라고 해서 전투기를 탄 채 그대로 적의 군함에 내려박히는 2차대전 때의 일본 공군이며 적의 포로가 되느니보다 '천황폐하 만세'를 부르며 일본도(日本刀)로 자기 배를 갈라 활복자살하는 걸 영광으로 알았던 일본이 오죽하면 원자폭탄 앞에 두 손을 바짝 들고 항복했겠는가.

커피잔만한 머리들이 외형상 창피해서 남의 눈을 피해 사는건 아무것도 아니다.

너무나 온몸이 쑤시고 아프고 곪아 터져서 일생을 "이따이 이따이" 아파 죽겠다 하면서 눈물범벅이 되어 사는 욕창환자들은 얼마나 많은가!

설마설마하는 사이에 거대했던 소련연방이 그야말로 내던진 기왓장처럼 갈라지고 말았다.

"소련을 자연스런 인간의 얼굴로 되돌려 보겠다"던 고르바초프의 피어린 투쟁의 결과 치고는 엉뚱한 결과라고나 할까.

어쨌든 소련의 핵 기술자들이 중동이나 사우디아라비아 쪽으로 팔려나가고 '핵'을 실은 거대한 군함이 어디로 향하고 있는가를 헬리콥터로 비밀 공중촬영하는데 성공했다는 해외 보도는 사실일 것이다.

핵무기를 팔아서라도 호구지책을 강구할 수 없을 정도로 소련은 지금 빵 문제가 심각하다고 한다.

'올 겨울을 어떻게 날 것인가' 소련은 식량난과 생필품 부족 현상으로 올 겨울을 어떻게 날 것인가.

성냥불을 그어대면 당장에 불이 붙는다는 보드카를 꿀꺽 꿀꺽 병째로 마셔댄다는 소련인들의 철판 같은 체력이나 위장에 기근이 든다면 어떻게 될 것인가. 그들은 그야말로 당장에 미친 사람들처럼 화가 날 것이 분명하다.

그렇게 되면 사흘 굶어 담 안 타넘는 사람 없다고 그들은 드디어 호전적인 기상을 발휘할 것이다. 중동이든 어디든 쌀이 나고 석유가 나는 곳이면 점령할려고 들 것이다.

그렇게 되면 3차대전이 일어날 것은 불을 보듯 훤하다. 거기에 핵이 동원되고 세상은 끝장이 나고 말지도 모른다.

1999년 7월에 세상의 종말을 맞겠다던 노스트라다무스의 예언은 이렇게 해서 그 서막을 올리고 있는 것은 아닌지.

그렇다면 커피잔만한 머리로라도 세상에 태어나서 그 작디작은 머리에 붙은 정상적인 눈이나 귀로 그나마도 이 아름다운 세상을 보고 아름다운 새소리며 바람 부는 소리를 듣고 산 것만도 행복했었다는 그런 옛 얘기를 하게 될지도 모를 일이다.

이 세상이 끝나고 사람들이 모두 죽은 이 지구의 비참한 종말보다는 그래도 그런 시절이 좋았다고 회상될 테니까.

닮았다는 이유로

어느 해 어버이날 신문에 난 최정희 씨의 솔직한 수필 한 토막이 생각난다. 그것은 이런 줄거리였다.

아버지를 쏙 빼닮아서 속을 썩힌다고 어머니는 늘 내게 말씀하셨다. 나는 일 년에 한 번씩 아버지에게 생활비를 타러 가야 했다. 엿장수나 두부장수를 하는 어머니의 벌이로는 살 수 없기 때문이었다. 아버지는 백 리쯤 떨어진 곳에 살고 계셨는데 거기에 가자면 윤선을 타야 했다. 시계가 없었기 때문에 어머니가 안 주무시는 동안 나는 자야 했다.

새벽 첫닭이 꼬꼬하고 울면 어머니는 나를 깨웠다. 대개는 첫 번째에 나는 발딱 일어났다고 한다. 어머니가 해주신 새벽밥은 먹는 둥 마는 둥 집을 나섰다. 밤길이라 달이 떠 있어도 무섭고 달이 없어도 무서웠다. 십릿길을 걸어야 배를 타게 되는데 공동묘지 옆길로 들어서면 말뚝들이 귀신처럼 서 있었고 옆에 있는 수수밭이나 콩밭에선 이상한 소리가 자꾸 나는 것 같아서 모골이 서늘하기만 했다. 윤선을 태워주고 돌아가시는 어머니와 헤어지면 아버지 집에 가는 길은 죽기보다 싫었다.

아버지 집에 가면 아버지 집은 나 때문에 싸움을 하거나 어느 땐 아버지가 날 때리기까지 하셨다. 그렇지만 나는 아버지를 원망하지는 않았다.

아버지는 날 다섯 살 때부터 독선생을 앉혀놓게 하고 내 말이라면 아무리 화가 나도 들어주셨기 때문이다. 빨리 자라서 어른이 되면 불쌍한 우리 어머니를 행복하게 해드려야지……. 그렇지만 며칠 전 어버이날 TV에서 어버이날 행사를 중계하는 걸 보고 나는 울어도 울어도 끝이 없는 울음을 울었다. 내 불효가 끝이 없듯이…….

수필의 제목은 「동화(童話)」였다고 기억된다. 내가 소설가 최정희 씨를 알게 된 것은 최정희 씨가 50대 후반인 듯싶다. 환도 후였다. 대학에 다니던 나는 어느 출판사의 견습기자 노릇을 하고 있었는데 그때 최정희 선생님은 우리 잡지에 소설 연재를 하고 계셨다. 작은 키에 만년 소녀처럼 아담하고 때로는 아름답기까지 했다. 나는 최정희 씨의 연재소설 원고를 한 달에 한 번씩 받으러 다녔다. 최정희 씨는 나를 보면 "어디서 그렇게 특별한 옷만 사 입누. 아주 개성이 강한 여기자야." 하고 칭찬하는걸 잊지 않았다.

그러던 그해 크리스마스 이브였다. 소설가 김영수(鈴壽) 씨가 아현동에 살고 계셨는데 우리 회사 직원들을 초대해서 크리스마스 이브라도 함께 보내고 싶다는 것이다.

김영수 씨 부인은 그때 유치원을 경영하고 있었는데 매우 이해심이 많은 부인인 것 같았다. 뚱뚱하고 키가 큰 김영수 씨는 우리가 방에 들어서자 이내 나를 보더니 "야. 최정희 씨를 꼭 닮았군." 하시더니 술이 몇 잔 들어가니까 "내 첫사랑 얘기를 좀 해야겠어." 하면서 최정희 씨를 처음 사랑했다는 첫사랑 얘기를 마치 탐정소설처럼 재미있게 하기 시작했다.

그 첫사랑 얘기는 이랬다.

검은 고등학생 제복을 입은 김영수 학생은 소설 지망생의 문학청년 시절 어떻게 되어서 최정희 씨를 사랑하게 됐다고. 그런데 최정희 씨는 이미 남편이 있는 유부녀였으며 남편인 김동환 씨는 그때 사상범으로 감옥에 있었다.

어느 날 남편이 출소해서 이 사실을 알고는 중국집으로 김영수 씨를 불러내더라는 것이다. "최정희를 사랑하는가?" 하고 남편이 묻길래 다섯 개의 교복 금단추를 탁탁 풀고 가슴을 헤쳐 보이며 "심장은 이쪽에 있습니다. 그러니 여기를 이 나이프로 찌르십시오. 그 피가 한 방울 남김없이 다 쏟아진다 해도 나는 최정희 씨를 사랑합니다." 라고 대담하게 말했다는 것이다. 그랬더니 남편 김동환 씨는 씩 웃더니 그 정열이 가상하구만 하더니 악수를 청해 왔다는 것이다. "그 나이 때는 다 그렇지." 이 한마디뿐 전혀 문제 삼지 않았다. 그런 일이 있은 후에도 김영수 씨는 해마다 크리스마스 때면 뭔가 선물을 잊지 않고 최정희 씨 집으로 보냈는데 우리가 초대된 바로 그해 크리스마스는 막 일본에서 들어왔기 때문에 일본에서 사온 핸드백을 자기 부인을 통해서 보낼 참이라고 했다.

내가 최정희 씨와 닮았다고 해서 우연히 듣게 된 김 선생님의 이 첫사랑 얘기는 매우 감동적이었다. 그런데 더욱 우리의 마음을 잔잔하게 해준 것은 김영수 씨 부인의 인자한 이해심이었다. 시종 얘길 들으면서도 웃고 계셨기 때문이다. 전혀 문제 삼지 않는건지 아니면 모성애 같은 사랑으로 남편을 이해하는 건지는 알 수 없지만 어쨌든 이해하기 어려우면서도 보기 좋은 것 만은 사실이었다. 그 최정희 선생님이 돌아가신 지도 몇 해가 지났다.

원로 문인들이 한 분씩 한 분씩 떠나가실 때마다 우리는 더욱 쓸쓸해진 문단을 돌아보게 된다.

아우를 생각하며

나는 오 남매의 맏이로 태어났다. 그러니까 내 밑에는 아
우가 넷이나 있다. 사내 동생이 둘 계집애 동생이 둘이다.

그중에서도 나는 바로 밑의 동생인 균(均)을 가장 아꼈다.

그 아이는 성급하고 총명한데다 날 때부터 우리집의 귀공
자였다. 그럴 수밖에 없는 것이 딸만 둘 연거푸 낳은 데다 처
음으로 아들이 태어났기 때문이며 균이를 낳기 전에 '정자'
라는 딸 아이 하나가 홍역을 앓다가 그만 세상을 떠났기 때
문이다.

아주 어릴 때였다. 언젠가는 어머니를 따라 시장엘 갔는데
한복가게 앞을 지나게 됐다. 그 한복가게에 사내 아이의 남
색 조끼 하나가 견본으로 걸려 있었다. 그걸 본 균이는 대뜸
"엄마 저 조끼!" 하더니만 사달라고 했다. 어머니가 "안 돼."

하고 빽 소리지르시자 갑자기 어앙 하더니 그 자리에서 길바
닥에 누워 까무라쳐 버렸다. 새파랗게 질려서 길가에 뻗어
있는 균이를 보자, 나는 그만 놀라서 "엄마, 균이 죽었다!"
하고 소리 질렀다. 이처럼 그는 성질이 불같이 급했다. 그래
서 아이의 말이 떨어지기가 무섭게 들어줘야만 했다. 그렇지
않으면 번번히 까물어치곤 하니까.

국민학교에 들어가면서부터 대학을 졸업할 때까지 그는
줄곧 1등을 맡아 놓고 했다. 공부뿐 아니라 운동, 연극, 노
래, 스케이트, 수영 모든 방면에 뛰어난 선수였다.

결점이라면 점점 어른이 되어갈수록 술을 지나치게 마셔
댄다는 것.

술이 심할 뿐 아니라 술주정이 지나쳤다고나 할까. 밤새
그는 술주정을 했다. 술 마신 다음날은 으레 결근이었다. 고
등학교 영어교사가 그의 직업이었는데 그 영어 실력만은 누
구나가 인정할 만큼 대단했다.

결혼 후에 삼 남매를 낳고 단란하게 살면서도 늘 술 때문
에 그 가정은 걱정이었다.

어느 가을날 비가 주룩주룩 오는데 모처럼 나를 찾아온 동
생은 "누님 같이 술 한잔 합시다." 하더니 전화로 중국 요리
를 시키고 맥주를 사왔다.

술이 거나하게 취하자 그의 명강의가 시작되었다.

평소에는 말이 없는 그가 술에 취하기 시작하면 철학적인

인생관과 예술, 연애, 우리나라 역사에 이르기까지 그야말로 천재적인 그의 명강의가 마치 노도를 타고 흐르는 물살처럼 거침없이 튀어나오는 것이었다.

배호의 노랫소리도 구슬픈데 흘러간 추억담도 구수하기 그지없었다.

천재적인 고뇌를 안고 이 세상을 비관적으로 살아가는 한 인간의 애환이 밤이 깊도록 끝이 없는데 내가 그를 위로할 말은 아무것도 없었다. 다만 그의 말을 듣고 앉았다는 그것 뿐…….

그러면서 그는 죽음의 고비를 몇 번 넘겼노라면서 자기는 무척 오래 살지도 모른다고 했다.

한번은 일곱 살 때 강에서 스케이트를 타는데 얼음 구멍에 그만 푹 빠져서 속절없이 죽게 된 것을 잉어 낚시질을 하던 어떤 할아버지가 구해 줬으며 또 언젠가는 30대 후반 때 술에 만취되어 길거리를 마구 횡단하다가 차에 몇 번이나 부딪힐 뻔했는데도 자기는 교통사고 하나 나지 않고 무사했다며 명은 길거라고도 했다. 아닌게 아니라 이밖에도 군대에 갔을 때라든가 그 이후 사회생활을 하면서 그가 맞을 뻔했던 죽음의 고비는 수도 없이 많아서 마치 하늘이 도와 여태까지 무사했던 것 같은 생각이 나기도 했다고.

그러면서 하는 말이 자기는 결코 오래 살 생각이 없으며 돌아가신 아버지처럼 마흔다섯쯤에는 세상을 하직하고 싶다는 말을 종종해서 나는 늘 나무라곤 했었다.

비 오는 날이나 울적한 가을 저녁 같은 때면 쓸쓸한 목소리로 전화를 걸고선 "누님 차 한잔 하십시다. 맥주라도 한잔 할까요." 하고 청해왔지만, 그때마다 나는 응해주지 못했다. 사는 게 바쁘기도 했지만 별다른 화제도 없을 것 같고 그의 외로움을 감당하기엔 내가 너무 부족했다고나 할까.

그는 늘 그렇게 외롭고 불만스럽고 할 말이 많아서 어쩔 줄 모르는 그런 사람이었다.

그가 가장 만족해 하는 것이 있다면 그것은 자기가 고등학교 선생이라는 것이었다. 죽어서 열 번 백 번 다시 태어난다 해도 고등학교 선생만 하겠다고 말하는 것을 수없이 들었다.

남들처럼 대학원에 가서 대학강사로라도 나가는 게 어떻겠느냐고 나도 말했었고 주위에서도 열심히 권했었지만 그는 그때마다 그렇게 대답하는 것이었다.

대학에 가서 학생들 이름도 모르고 얼굴도 모르면서 지식만 전달하는 것이 자기 성격에 맞지 않는다고 했다.

그는 학생들에게 친자식 같은 애정을 쏟았다. 그렇다고 학생들을 맹목적으로 사랑하는 게 아니라 때론 매섭게 때리기도 했다. 아마 학생들이 그에게 거의 안 맞아 본 사람이 없을 정도로 그는 때리길 서슴치 않았다.

매끝에 정든다더니 그에게 맞은 학생들은 그를 더욱 따랐고 그는 그 학생을 또 친자식처럼 걱정하곤 했다.

그러던 그가 그의 나이 불과 마흔일곱 살 되는 봄에 갑자기 간암이란 진단을 받아 서울대학병원에 입원했을 때 학생들은 책가방을 든 채 병원으로 달려와 장사진을 이루며 헌혈을 하겠다고 나섰다.

그의 몸에 신선한 피가 부족해서 수혈을 해야 한다는 말을 듣고 달려온 것이다.

불과 일주일 전만 해도 교단에서 학생들을 가르쳤던 선생님이 간암이라니 믿어지지 않는다면서 학생들은 눈물을 흘렸다.

내가 전화를 받고 달려 갔을 때만 해도 그는 입원실에서 텔레비전을 보고 있을 만큼 멀쩡했다.

처음엔 소화가 안 되는 것 같아서 학교에 있는 의무실에 가서 소화제를 좀 달라고 하니까 교의가 진찰을 해보더니 영어로 뭐라고 쓰는 것 같길래 그냥 우연히 넘겨다 보니 간암이라고 적혀 있어 농담인 줄 알았다는 것이다.

정색을 하고 큰 병원으로 가보라는 말에 놀라서 곧장 서울대학병원의 내과 과장으로 있는 친구를 찾아가봤더니 그 친구 역시 침통한 표정으로 말을 잇지 못하더라는 것이다.

이미 초기가 아니고 상당한 기간이 지난 것 같은데 주변 정리를 일단 하고 나서 곧 입원하라는 말을 하면서 그 친구의 입술은 떨고 있더라고.

"누님. 나한테 만약 무슨 일이 있다 해도 절대로 우시거나

슬퍼하지 마십시오. 부탁입니다. 제가 안 그럽디까. 마흔다
섯 살까지만 살다 가겠다구요. 마흔일곱이면 2년은 덤으로
산 셈입니다. 아이들이 보고 싶어서 발길이 떨어지지 않습니
다만…… 하는 수 없죠. 다만 엄마 앞에서 먼저 가게 되어 이
불효를 어떻게 하죠."

"왜 자꾸 그런 소리를 하니. 오진일거야. 그럴 리가 없어.
용기를 내! 너는 안 죽어! 절대로."

"바쁘신데 어서 가보이소. 내 걱정은 하지 마시구요."

"그래. 내일 또 올게."

그때 나는 직장생활을 하고 있었기 때문에 퇴근 시간에 맞
춰 회사로 돌아가야 했다. 그때 서울대학병원에서 우리가 만
난 것이 그와 나의 마지막이었다.

그날밤부터는 혼수상태에 빠져서 무서운 진통을 겪다 그
는 결국 입원한 지 닷새 만에 가고 말았다.

학생들은 책가방을 들고선 채 엉엉 울었다.

연사흘 그를 아끼는 조문객들이 자그만치 1,000여 명은
넘어설 만큼 끝없이 찾아왔다.

다들 애석한 일이라고들 했다. 남들이 그리도 애석해할 때
누이된 이 마음은 어떻했겠는가.

나는 난생처음 피를 토하듯 통곡에 통곡을 거듭했다.

염을 할 때 그의 사지는 마치 석고상처럼 아름다웠던 기억
이 난다.

사월 하순의 화사한 꽃길을 따라 그의 상여는 그가 늘 다니던 학교 교정에 이르렀고 그곳에서 영결식을 가진 그의 마지막 길은 학생들의 오열 속에 파묻혀 용인 공원묘지로 향했다.

내가 가장 아끼던 아우를 잃고 돌아서오는 그날 하염없는 눈물을 감당할 길이 없었다.

75세나 되신 어머니에게 우린 차마 이 사실을 말할 수가 없었다.

뒤늦게 아신 어머니의 슬픔은 차마 뵐 수도 없을 정도였으며 어머니가 사시는 날까지 그 눈에 눈물 마를 새가 없을 것 같았다. 지금도 늘 울고만 계시는 어머니를 뵐 때마다 부모 앞에서 먼저 가는 자식만큼 불효막심한 일도 없다는 것을 뼈에 사무치게 느끼곤 한다.

아우도 결코 그러고 싶지 않았겠지만, 그 길을 누가 마음대로 할 수 있었으리.

그는 영원히 가고 없지만 젊은 내 아우는 언제나 나와 함께 내 가슴에 살고 있다.

내세에 대한 잡념

내세가 있다면 어디에 있단 말인가. 이 세상도 인구 팽창으로 해서 터져나가게 생겼는데 또 하나의 다른 세계가 어디 있을 리가 없다.

요즘 서울과 같은 위성도시를 한두 개 더 지어서 인구를 분산 수용하겠다고 야단인데 지구도 그와 똑같은 원리로 하나 더 만들 수 있었으면 좋겠다는 생각을 해볼 때가 있다. 그래서 달세계도 가보고 화성도 연구 중에 있는 것이겠지만. 그런데 나는 독일의 낭만파 시인 노발리스의 시와 죽음을 통해서 어쩌면 정말 영혼이 있고 내세(來世)가 어딘가에 있지 않나 하는 생각을 하게끔 됐다.

20대 후반부터 천주교를 믿기 시작한 내가 얼마나 종교에 심취했는지 한때는 새벽미사에 가고도 저녁미사에 또 갈 정

도로 열성적이었던 때가 있었다. 이런 내가 내세를 믿지 않
는다는 건 말도 안되겠지만 아무리 생각해도 그럴 수가 없었
다. 그것은 어쩌면 무슨 확증이 없이는 좀처럼 믿지 않는 성
격 탓인지도 모른다.

　아버지가 돌아가신 지 30년이 넘었는데도 아버지 무덤에
한 번도 안 가볼 만큼 불효막심한 딸이 되었다. 친정아버지
께서 돌아가실 때 나는 마침 첫애를 막 낳아야 하는 출산 예
정일에 처해 있을 무렵이었고 첫애를 낳은 후론 방송원고며
직장생활을 계속했기 때문에 갈 수 없었다.

　아버지가 묻혀 계시는 선산은 경상북도 인동면이어서 그
곳까지는 멀기도 했지만 어쨌든 차일피일 못가고 말았다. 이
제라도 가겠다고 했더니 어머니 말씀이 아버지 살아생전에
오 남매 중에서도 맏딸인 너를 유난히도 애지중지하셨기 때
문에 너무 반가운 나머지 꼭 붙잡고 안놓으면 어떡하냐고 하
면서 못가게 하셨다. 아버지에 대해 하루도 생각 안 한 적이
없을 만큼 그리워하면서도 이래저래 천하에 불효막심한 꼴
이 되고 말았지만 아버지가 내세에 계시다고는 믿어지지 않
는다. 죽으면 일체 '무'가 된다고 믿고 있다.

　그런데 노발리스의 애기는 이렇다. 지금으로부터 불과
200년 전에 있었던 일이니까 별로 먼 얘기는 아닌 것이다.

　시인 노발리스는 스물다섯 살 때 조피라는 아가씨와 약혼
을 했다. 노발리스는 대학을 나와 법률 국가고시에 합격한

당당한 시민이었지만 조피는 아직 어린 소녀라고 할 수 있었
다.

그때 겨우 12살 반이었기 때문이다. 그래서 그들은 약혼만
하고 조피가 성년이 되는 15살까지 기다리기로 한 것이다.
그런데 그토록 사랑스럽고 나이 어린 노발리스의 약혼녀 조
피는 그만 15세 생일 이틀 뒤에 죽고 말았던 것이다.

시인 노발리스의 시는 거의가 약혼녀 조피에게 바쳐진 헌
시라고 해도 과언이 아니다. 그의 대표작 「밤의 찬가」도 역
시 그런 내용이다.

― 언젠가 내가 참담한 고통의 눈물을 쏟았던 때 희망은
녹아 흐르고 어두운 현실 속에 내 삶의 모습을 묻은 그 황량
한 언덕에 외로이 섰던 그때, 누구도 겪지 못한 외로움에 젖
어 한없는 불안에 쫓기며 무력하게 오로지 참담하다는 한 생
각만을 붙들고 있던 그때, 전진도 후퇴도 할 수 없어 구원을
찾아 둘러보며 도망치고 있는 저 꺼져버린 삶에 무한한 동경
을 품고 매달렸던 때 그때 아득한 저 푸른 곳으로부터 사라
진 내 행복의 절정으로부터 한줄기 아스라한 전율이 덮쳐왔
다.

그러자 돌연 출생의 탯줄이 빛의 사슬이 끊어져 버렸다.
속세의 영화와 슬픔도 더불어 사라지고 불가사의한 새로운
세계 속으로 흘러들며 주변은 살며시 들려 떠오르고 그 위로

속박에서 풀려 거듭난 내 정신이 거닐고 있었다. 그 손을 잡
자 눈물은 끊을 수 없는 번득이는 끈으로 화하였다.

수천 년 세월이 폭우처럼 아득히 저 밑으로 떨어져 내렸
다. 나는 조피의 목을 얼싸안고 새로운 삶을 위해 황홀한 눈
물을 흘렸다. 이것은 최초며 단 한번의 꿈. 그때부터 비로소
나는 밤하늘에 뜬 태양, 사랑하는 그녀에 대한 영원하고 확
고한 믿음을 가지게 됐다. ―

이렇게 긴 노발리스의 「밤의 찬가」는 1800년 8월 낭만주
의 작가들의 잡지인 《아테노임》에 실렸다. 그 무렵에 쓴 노
발리스의 일기나 시를 보면 거의가 조피의 무덤 앞에서 밤중
에 씌어진 시들이다. "무덤을 먼지처럼 불어버리고 그 속에
있는 그녀와 수백 년을 단 몇 순간처럼 즐겼다"고 일기에도
기록돼 있다. 그녀와 늘 같이 있다고 해서 내가 하는 모든 것
을 그녀의 이름으로 하겠다고까지 밝히고 있다. 그녀는 자기
의 시작이며 삶의 종결이라는 것을 믿는다고도 했다. 이렇게
죽은 약혼녀를 못 잊어 다른 데 장가도 가지 않고 3년을 미
친 듯이 죽은 사람만을 만나고 헤맸던 노발리스는 갑자기 그
것도 공교롭게 그들이 결혼을 하기로 약속한 바로 그날 죽고
만 것이다.

노발리스는 직책상 너무 과로해서 죽었다고도 했다. 그렇
지만 다른 날 다 두고 하필이면 결혼 예정일에 맞춰 총총히

떠났다는 것은 아무리 생각해도 범상한 일이 아니었다.『푸른 꽃』을 비롯한 많은 창작 계획도 있어서 그의 죽음은 자타가 예상치 않았던 죽음이었다.

— 나의 애호문학은 근본적으로 나의 신부와 이름이 같다네. 그녀의 이름은 조피, 조피는 내 삶의 혼이고 나 자신으로 통하는 열쇠일세. —

그때만 해도 사형선고나 다름없는 폐결핵으로 죽어간 조피는 하얗고 선병질에다가 마치 달빛 선녀처럼 아름다웠다고 그는 묘사하고 있다.

그렇지만 천년을 뛰어넘어 마치 바람 불 듯 무덤 앞에서 만나곤 했다는 그들의 환상은 실현됐는지도 모른다. 노발리스는 그가 가장 사랑했던 시나 문학의 일까지 다 집어치우고 총총히 저 내세에서 올린 결혼식에 맞춰 떠나간 것이다.

이것이 어떻게 우연한 일이라고 할 수 있겠는가.

조피는 저 내세에서 결혼준비를 계속하고 있었음이 분명하다. 그리고 마침내 이승의 신랑을 데려갔으리라.

나는 우연히 노발리스의 전기를 읽고 이상한 생각이 들어 언더라인까지 그어가면서 세 번쯤 되풀이 읽었다. 정말 내세가 있는지도 모른다. 모른다가 아니라 꼭 있을 것만 같다. 그렇다면 우리 친정아버지는 이 다음에 호되게 날 꾸지람하실 것 같다. 한번도 아버지 산소를 안 찾았다고. 일간 틈내서 한 번 꼭 찾아가야겠다. 그리고 용서해 주십사고 눈물로 빌어야 겠다. 굳이 노발리스의 이야기뿐 아니라 우리 사회에서도 이 와 유사한 실화는 얼마든지 많다. 우리는 '영'으로 그것을 느 낄 수 있는 것이다. 내세는 반드시 어딘가에 있다고 믿는 게 좋을 것 같다.

어느 신부님

가톨릭 신자인 내게 있어서 가장 잊을 수 없는 신부님 한 분이 계셨다. 그분이 최창정(본명) 신부님이다.

최 신부님은 우리가 청담동에 살 때 청담성당의 주임신부로 계셨던 분이다. 그때 나이가 40세 정도였다. 대개가 근엄하고 말이 없는 신부 타입과는 거리가 먼 분으로 화가 나면 욕도 마구 하고 피가 끓어오르는 흥분된 강론을 하시기 일쑤였다.

신부님 스스로 어느 강론 중에 자기는 변덕이 죽 끓듯 하며 그 변덕 때문에 인심을 잃기 십상이라고도 했다.

아닌 게 아니라 어떤 날은 기분이 좋으셨다가 어떤 날은 화가 나는 등 그 기분의 변화가 무쌍하였다.

그렇지만 그 성질 때문인지 청담성당도 새로 지었지만 이

밖에도 잠실성당 압구정성당까지 지으신 분이니까 큰 일꾼
이셨다. 성질이 급해서 차도 몰기 지루한지 늘 붕붕대며 오
토바이를 타고 다니셨다.

그리고 그 신부님은 될 수 있는 대로 신자들을 많이 사귀
려고 했다. 그때 불면증에 걸려서 잠을 이루지 못하던 나는
그해 가을 내내 새벽을 기다리기가 지루해서 아예 어두울 때
부터 벌판에 나와 새벽미사 시간을 애타게 기다리기도 했다.

어느 날 새벽 미사가 끝나고 집에 돌아오려는데 최 신부님
이 부르셨다. 바쁘지 않으면 커피라도 한 잔하고 가라는 것
이다. 우리는 대여섯 사람이 신부님 응접실로 들어갔다.

커피가 나왔다. 참으로 뜨겁고 맛있는 커피였다. 그 커피
를 마시는 동안 신부님은 한 사람 한 사람의 이름을 묻고 가
정 사정에 대해서도 물으셨다. 물론 내게도 자세히 물어보시
며 커피가 마시고 싶으면 언제라도 들러도 좋다고 하셨다.

그런 일이 있은 후 우리는 때때로 신부님 방으로 커피를
마시러 갔다.

그러다 내가 글을 쓴다는 것을 아시게 된 신부님은 주보에
있는 〈옹달샘〉의 고정 집필자로 지명을 하셨다. 그때는 주보
가 각 성당마다 임의로 발간하고 있었다. 한 1년 반 썼던 것
같다. 그러다 주보가 명동성당으로 통합되어 자동적으로 그
만 쓰게 되었지만 교인들의 가정 형편이 어렵다는 것을 아신
신부님은 신용협동조합이라는 것을 만들어서 푼돈을 저금하

게 하고 성당신협에서 융자도 해주게끔 했다. 아들이 독일로 떠날 때는 쾌히 융자를 해주어서 요긴하게 쓰기도 했다.

그 신부님은 한마디로 매우 인간적이고 인정이 많으며 참으로 살아 움직이는 현실파였다.

한 5년이 지나자 신부님은 청담동 성당을 떠나게 되었다. 욕도 잘하시고 화도 잘 내시던 그런 신부님이었지만 살아 움직이는 그분의 정열과 의욕과 인정에 이끌리고 있었던 우리들은 매우 섭섭해 했다. 그분과의 송별식 때 신자들은 소리없이 흐느꼈다. 마음속에서 우러나는 슬픔을 신자들은 다같이 느끼고 있었다.

그분은 멀리 서독으로 파견되어 가셨다. 멀리 이국에서 고생하는 동포들의 등불이 되겠노라고 하시며 후임 신부로 오시는 분은 그야말로 자기와는 정반대 타입의 점잖은 선비 신부님이 오실 테니 여러분도 내가 있을 때보다는 훨씬 조용히 살게 됐다며 웃음으로 우리 곁을 떠나가셨다.

서독으로 떠나신 후 우리는 최 신부님에 대한 얘기들을 자주 나누었다. 그만큼 신자들에게 있어 그분은 기억에 남을 뿐만 아니라 아주 색다른 타입의 신부님이었다.

독일에서 마침 편지가 왔다기에 우리는 신부님의 주소를 알았다. 신부님 가신 후의 소식이며 신부님도 어떻게 지내시는지 궁금해서 편지를 했다. 그랬더니 날아갈 듯한 큼직큼직한 글씨로 답장이 왔다. 독일에서는 하루에 몇십 리를 뛰어

다니며 선교사업에 열중하고 있으며 식사시간을 제때 지키지 못해 주로 맥주로 배를 채울 때가 많다는 그런 내용이었다.

그리고 한 3년이 흘렀을까. 신부님이 돌아오셨다는 소식을 들었다. 그런데 돌아오신 이유가 신병으로 갑자기 오셨다는 게 아닌가.

이윽고 병원에 입원하셨으며 '간암'이라는 진단이 내렸고 면회도 일체사절이라는 것이다.

그렇게 건강하고 활동가이며 동분서주 잠시도 일을 안 하면 심심해서 못 산다는 그분이 입원이라니! 도무지 믿어지지 않는 일이었지만 곧 퇴원하게 되리라 믿었다. 뭔가 틀림없이 오진일 것이며 서독에서 너무 과로하셨기 때문에 좀 쉬면 회복되리라 믿었다.

그런데 최 신부님은 끝내 퇴원하지 못하고 그대로 돌아가시고 말았다.

장례식 날 신부님의 어머님은 울지 않으셨다. 맏아들은 이미 주님한테 바친 지 오래고 바칠 때 이미 내 자식이 아니며 모든 사람의 아버지 노릇을 하게끔 했으니 이제 와서 아들을 위해 울지는 않는다는 것이었다. 그렇게 말하면서도 끝내는 기어이 봇물이 한꺼번에 터지는 듯한 울음을 터뜨리고 말았다. 그 나이가 아깝고 그 의욕이 아깝다는 것이다.

하느님께서 하늘나라 건설을 위해 유능하고 활동적인 그

신부님이 꼭 필요하셨을 거라고 우리는 위로해 드렸다.

신부님의 나이 이제 겨우 45세. 아직도 이 지상에서 그분은 더 많은 일을 하실 수 있으며 모든 신자들에게 꼭 필요한 분이었는데 주님은 그분을 불러가신 것이리.

장례식 날은 하루 종일 구슬픈 비가 내렸다. 신부님도 이 세상을 떠나기 싫어 하염없이 울고 가신 것 같다.

덧없는 인생살이라고들 하지만 신부님이 가시고 난 이 세상은 더욱 덧없고 허망하기 짝이 없는 것만 같았다.

여동생

국민학교에 다닐 때나 중학교에 다닐 때 여럿이 같이 기합을 받거나 혼자서 야단을 맞을 때가 여러 번 있었다.

이럴 때면 으레 옆에서 누군가가 울기 시작했다. 참으로 뉘우치고 잘못한 것을 아는 것처럼 울어대야만 선생님께서는 훈계를 그만두시거나 때리지 않고 용서해 주시곤 했기 때문이다. 그럴 때마다 나는 눈물이 도무지 나오지 않아 애를 먹었다. 그땐 으레 불쌍한 내 여동생 생각을 하기 시작했다. 여동생만 생각하면 금방 눈물이 하염없이 흘러나왔기 때문이다. 여동생은 돌도 지나기 전에 다리를 다쳤다.

시골에 살 때였다. 아기 보는 아이가 애기를 업고 마을 처녀들 몇이 야산에 나물을 뜯으러 갔다. 마침 단옷날도 돌아오고 해서 머리 감을 창포도 뜯을 겸 애기를 업고 나물 뜯으러 갔다고 한다.

더우니까 애기를 바위 위에 내려놓고 이리저리 뛰어다니는 사이 애기가 바위에서 떨어졌다. 그때 엉덩이 뼈가 부러졌다고. 울어대는 애기를 업고 집에 돌아와서는 하루 종일 잠시도 내려놓은 일도 없는데 공연히 운다고 거짓말을 했다. 아직 말 못하는 애기를 데리고 이 한약방 저 한약방으로 돌아다녀봤지만 뼈가 부러진 것을 알 수가 없었다. 시골이었기 때문에 병원도 없고 애기가 어디가 아파서 우는지를 아무도 짐작조차 못했던 것 같다.

생각다 못한 어머니는 애기를 업고 산을 넘고 재를 넘어 읍내로 가기로 결심하셨다. 봄에 다친 아이가 겨울이 다 되어도 낫지 않고 신혈이 나는가 하면 아직 일어서지도 못하는 게 이상했기 때문이다.

빙판길을 걸어 미끄러지고 합천 해인사 대관령 산맥을 넘어 읍내로 가는 버스를 타는 데까지는 좋았는데 그 버스 안에서 어떻게나 애기가 울어대는지 도중에서 그만 내렸다고 한다. 도중에서 내릴 수밖에 없었던 어머니는 도로 집으로 돌아오고야 말았다. 버스인 승객들이 시끄럽다고 야단쳤기 때문에.

지금도 어머니는 그때 일을 생각하시면서 동생이 다리를 저는 게 마치 운명이라도 되는 것처럼 말씀하신다. 너무 울어서 도중에서 내릴 수밖에 없었다.

  세 살이 되어도 여동생은 걷질 못했다. 일어나서 서 있기는 하는데 걷질 못해서 내가 늘 업고 다녔다. 그 아이가 불쌍해서 내가 가는 곳이면 어디든지 동생을 업고 다녔다. 나하고는 여덟 살 차이여서 내가 국민학교 2학년 때 그 동생은 세 살이었다.

  우리는 동생이 평생 걷지 못하는 앉은뱅이가 되지 않을까 몹시 걱정했다. 한쪽 다리 전체가 발육이 부진하고 한쪽 엉덩이까지도 발육이 제대로 되지 않았다.

  그러던 어느 날 나는 동생을 업고 학교 운동장에 놀러갔다. 아이들이 다 집으로 돌아간 저녁때였다. 동생을 내려놓고 나 혼자 공기놀이를 하고 있는데 동생이 일어서더니 약간 절면서 서너 발짝 걷는 게 아닌가. 나는 너무나 반가워서 저만큼 세워놓고 "정숙아 이리와! 이리온!" 하고 불렀다. 그랬더니 서너 발짝 걸어오다가 픽 쓰러졌다. 나는 동생을 들쳐업고 단숨에 집으로 달려왔다.

  "엄마, 정숙이 걸었다! 엄마, 정숙이가 걸었어!"

  하고 소리소리 지르면서.

  그것은 우리 집안의 기쁨이 되었다. 앉은뱅이가 될 줄 알았던 동생이 걸었다는 사실이 우리 가족을 얼마나 기쁘게 했는지 모른다. 그 이튿날부터 나는 애기를 업고 학교 운동장에 가서 열심히 걸음마 연습을 시켰다. 약간 절기는 하지만 제법 잘 걸었다. 한쪽 다리를 빙빙 돌리면서 걸었다. 걷기 연습에서 달리기 연습까지 시키게 되었다.

이것을 본 동네 사람들이 "에이그 기특도 하지. 저 어린것이 등이 무르도록 업고만 다니더니 이제 안 업고 다녀도 되겠구먼." 하고 나를 되려 동정하는 것이었다.

제법 잘 걷고 뛰어다니기까지 해서 우리 가족들은 그만해도 대견하고 큰 걱정 하나가 없어진 것 같았다.

국민학교에 입학하자 '절름발이'라는 별명이 붙고 말았다. 얼굴이 희고 예쁘게 생긴 것이 노래도 곧 잘 부르고 공부도 언제나 우등생이었다.

동생은 '절름발이'라는 자기 별명이 싫어서 그 소리를 듣기만 하면 몹시 화를 내곤 했다.

"절름발이 다리 병신이니까 절름발이래지 그럼 뭐래?"

이렇게 대놓고 아픈 데를 찌르는 철부지도 있었다.

그렇지만 마음씨 착하고 솜씨 좋고 깨끗하게 생긴 정숙이는 친구들 사이에서 인기였다. 학교가 파하고 집으로 올 때면 책보따리나 숙제 같은 것을 서로 가지고 가겠다고 나섰다. 동생은 으레 빈손으로 돌아왔다.

국민학교를 졸업하고 중학교에 입학했다. 교복을 입고 제법 가슴이 생겨나는 사춘기가 되자 동생은 우울한 얼굴로 말이 없어졌다.

그러던 어느 날이었다. 편지 한 장을 써놓고 집을 나간 동생은 해가 지고 밤이 되어도 돌아오지 않았다.

편지를 발견했을 때 온 가족은 그가 갈 만한 곳을 다 찾아 나섰다.

동생이 잘 가는 학교 뒤 연못에도 가봤다. 그 연못에 빠져 죽지나 않았나 해서 얼마나 불러봤지만 그런 흔적은 없었다.

캄캄해지고 달이 뜨는데도 동생의 모습은 보이지 않았다.

온 식구가 지쳐서 방에 들어와 있는데 다락에서 울음소리 같은 게 들렸다. 반사적으로 내가 다락문을 열어봤더니 거기 서 동생이 울고 있지 않은가.

어머니는 동생을 보자 너무나 화가 나셨던지 마구 때리며 나가라고 소리 지르셨다. 나는 어머니에게 매달려 엉엉 울며 못 때리게 했다.

다락에서 쥐약이라도 먹고 죽으려고 했지만 그럴 수가 없 었다고 했다.

자기의 불구를 비관한 끝에 자살을 하려고 했던 동생의 처 지가 너무나 불쌍해서 나는 그날 이후 동생을 아끼고 보살피 기 시작했다. 행여나 또 그런 일을 저지르기라도 할까봐 잠 시도 그를 혼자 있게 하지 않고 감시하기 시작했다. 일일이 따라다니고 의심스런 눈초리로 식구들이 감시한다는 사실을 귀찮게 생각했던지 스스로 낙천적인 인생관을 가지려고 조 금씩 노력하기 시작하는 것 같았다.

세상에는 자기보다 더 불행한 사람도 많은데 그들이 모두 씩씩하게 살아가고 있다며 자기 자신을 자위하는 쪽으로 생각을 돌리려는 노력이 우리들에게도 엿보였다. 핼쑥했던 얼굴에 핏기가 오르고 웃음이라고는 찾아볼 수도 없던 얼굴에 웃음이 감돌기 시작했다. 원래 유머 감각이 뛰어나고 마음이 넓은 그는 얼마 안가서 낙천적인 본래의 모습을 되찾기 시작했다.

고등학교를 우수한 성적으로 졸업한 그는 대학에 가고 싶어 했지만 그해 아버지가 돌아가시고 가세가 기울어지자 고등학교 졸업과 더불어 어머니와 같이 양품점을 경영하게 되었다. 나는 정숙에게 여러 가지 기술을 가르쳐 보았다. 양장, 미용, 편물 등을 배우게 하기 위해서 학원에 보냈더니 뛰어난 솜씨를 발휘하기 시작했다. 집안에서도 꼼꼼하고 손재주가 있어서 가족들의 옷수선은 맡아놓고 하더니만 역시 손재주를 타고났던 것이다. 다리로 해서 지체부자유자가 되긴 했지만 손재주만은 누구 못지 않게 훌륭하였다. 편물가게를 낼까, 미용실을 낼까 하고 학원을 졸업한 뒤 이리저리 궁리를 하고 있는데 어느 시골 청년 하나가 내 동생에게 열렬한 구혼을 하기 시작했다. 서적 외판원으로 가가호호를 방문하던 그가 우리집에 들르게 되었고 원래 책을 좋아하는 동생은 푼푼이 모은 용돈으로 책을 사보기 시작해서 그래저래 알게 된 사이였다.

어느 출판사의 책인가 하고 알아봤더니 마침 내가 아는 출판사의 책을 팔러다니는 외판원이었다.

불구의 몸이라도 좋으니 결혼해서 아끼고 사랑하겠다는
그 뜻이 갸륵해서 결혼을 승낙하였다.

나는 그 출판사의 사무국장을 찾아가서 동생의 남편이 되
었으니 내직에 어디 앉힐 데가 없겠느냐고 상의했더니 마침
인천에다 서점 하나를 내게 되었는데 그 서점을 맡아서 관리
하면 어떻겠느냐고 해서 두말하지 않고 쾌히 승낙했다. 외판
사원에서 일약 서점주인격이 되었으니 그의 기쁨도 이만저
만이 아니었다.

동생은 집에서 부업으로 동네 사람들의 편물 주문을 맡아
서 짜주고 동생 남편은 서점 일에 전력을 다하며 단란한 가
정을 꾸려 갔다.

골반의 발달이 전혀 안된 상태여서 비록 임신은 할 수 없
다고 하지만 그는 동생을 불쌍히 여기고 변함없이 사랑해 주
었다.

어머니는 이제야 눈을 감아도 여한이 없다고 말씀하셨다.

나도 이제 그 동생을 생각하며 울지 않아도 되게 된 것이
다.

톨스토이가 생각나는 밤

1910년 11월 7일 오전 6시 5분 레프 니콜라예비치 톨스토이는 82세로 러시아의 한 작은 시골 역사(驛舍)에서 숨을 거두었다.

이보다 약 일주일 전 러시아의 신문들은 깜짝 놀랄만한 기사를 보도하고 있었다.

『전쟁과 평화』『안나 카레니나』『부활』을 쓴 세계적 작가인 톨스토이가 그의 집을 나갔으며 행방불명이 되었다는 내용이었다.

불과 몇 시간 내에 이 충격적인 사실은 온 세계의 메스컴을 탔으며 사람들은 80대 노인인 그가 무엇 때문에 집을 뛰쳐 나갔으며 대체 어디로 간 것일까 의아해 했다. 시골 농부 차림으로 몰래 내린 톨스토이를 이내 알아보고 시골 역사에

모신 역장은 곧 이 사실을 신문사에 알렸던 것이다.

약 일주일간 이 작은 시골역은 온 나라에서 모여든 신문 기자와 통신원, 사진작가 또는 러시아 정부의 대표자, 순례 자들로 들끓었다. 그렇지만 워낙 철저한 고민 끝에 쇠약할 대로 쇠약한 82세의 노인은 결국 다음과 같은 유언을 남기고 세상을 떠나고야 말았다.

"지금 이 순간에도 수없이 많은 사람들이 가엾은 처지에 놓여 있는데 왜 나만을 유독 염려하느냐……" 하고. 톨스토 이는 니콜라이 톨스토이 백작을 아버지로 중앙 러시아에서 태어났다. 톨스토이는 5남매 가운데 네째 아들이었지만 만 두 살이 되기 전에 불행하게도 어머니가 돌아가셨다. 그리고 불과 아홉 살 때 그 많은 재산가였던 아버지마저 세상을 떠 나자 재산 상속자가 된 그는 재산 관리인인 친척들의 손에 키워졌다.

그 후 서른네 살이 된 톨스토이는 의사의 딸과 결혼을 했 다. 그의 아내는 『전쟁과 평화』의 원고를 일곱 번이나 읽고 깨끗이 정서해줄 정도로 남편의 작품을 좋아했고 또 충실했 다. 그렇지만 너무나 전형적이며 빈틈없는 가정의 부인이었 다.

볼가강 동쪽에 거대하고 비옥한 토지를 소유하고 있던 톨 스토이는 상류사회의 귀족이었지만 재산엔 관심조차 없었 다. 다만 정력을 기울여 불우의 명작들을 속속 집필할 뿐이었다. 그때 그의 말처럼 마술사가 나타나 한 가지 소원이 있다면 그게 뭐냐고 한다면 아무 소원도 없지만 나의 창작생활만 방해하지 말아 달라는 그것뿐이라고 했다. 그는 선천적으로 철저하게 관찰하고 꿰뚫어보는 깊은 두 눈과 고뇌에 찬 지성을 가졌다. 그러나 그의 아내는 정반대였다. 전형적인 살림꾼이었다.

귀족가문인 가정과 거대한 재산 그리고 세계적인 명성을 가진 한 작가가 선(善)과, 진리(眞理)에 다다르기 위해서는 어떻게 하면 될 것인가? 이 문제는 톨스토이로 하여금 암암리에 괴롭히고 있었다.

모든 재산을 분배할까. 아니면 부인의 명의로 모두 바꿔버리고 가난한 자가 될까 어쨌든 자신이 누리고 있는 이런 모든 환경으로부터 빠져나갈 수만 있다면……. 긴 심사숙고를 위한 나 홀로의 여행으로부터 돌아온 톨스토이는 한 시골의 국민학교 선생이 되고 싶어 원서를 냈지만 문교부 당국에 의해 거절당했다. 인생의 설교자로서의 톨스토이에게 일개 학교는 너무도 어울리지 않는다는 교육당국의 배려 때문이었다.

톨스토이는 아내가 있는 몸이지만 아내가 없는 사람처럼 살고 싶었고 재산이 분에 넘치게 너무 많은 게 싫었다. 가난뱅이처럼 홀가분하게 살고 싶은 생각으로 늘 가득 차 있었다고나 할까.

인간이 재산에 얽매인 다거나 본능적인 사랑을 아내 때문에 얽매여 금지당한다거나 하는 게 무엇보다도 싫었던 것이다.

자유인으로 살고 싶은 욕구 그것만이 그의 전부였다. 인간답게 정열적으로 사는 것 "나를 좀 자유롭게 놔둬다오. 제발! 아무도 나를 얽매이게 하지 말고!" 그는 늘 이렇게 소리질렀다고 한다. 그러면서 『결혼과 행복』이란 저서도 썼다. 결혼이야말로 행복의 보금자리라고. 그러나 그것은 자기 자신에게 타이르는 마지막 경고였다.

그는 마치 위선자처럼 결혼이야말로 사랑의 무덤이 아니고 뭐냐고 혼자 수없이 독백했다. 막대한 재산보다도 세계적인 명예나 지위보다도 자기를 '결혼'이라는 조건으로 감금시키려고 하는 건 질색이었다. 그는 집요한 아내의 감시에서 벗어나기 위해 밤낮으로 외도를 시도했다.

사랑의 노도 속으로 휘말려 가야만 모든 강박관념에서 벗어날 수 있었던 작가적인 고민. 바른 소리만 해대던 설교자는 드디어 방탕의 자유를 갈망하게 된 것이다.

『전쟁과 평화』란 톨스토이의 소설을 읽고 전세계의 많은 소설 지망생들은 붓을 꺾고 말았다. 도저히 그를 능가할 소설가가 될 수 없을 바엔 아예 분수를 알고 단념의 미덕을 찾는 게 현명한 처사라고 판단했기 때문이다.

톨스토이는 신(神)이 창조한 천재적인 소설가였던 것이다.

인간의 붓으로 어떻게 그렇게 만물을 묘사할 수 있으며 그렇게도 절묘한 표현과 명문장을 만들어 낼 수 있단 말인가!

그는 천년에 하나 날까 말까한 천재적인 소설가라고 세계가 인정했다. 누가 감히 톨스토이에 도전할 수 있단 말인가.

오드리 헵번이 주연으로 나오는 〈전쟁과 평화〉의 영화도 보고 책도 읽어본 사람이면 누구나 톨스토이 숭배자가 되고 말았다. 그 위대한 톨스토이가 비로소 자기 십자가를 내려놓고 행려병자가 되었다. 한갓 무명의 거지가 되도 상관없었던 것이다. 할 말을 다 하고야 말았으니까.

그는 지상에 남기고 싶었던 것을 남기고 갈 뿐! 모든 사람들이 갈망하는 재산도 아니고 명예도 아니며 거대한 저택 같은 것도 아니었다. 끝없는 부동산 토지문서나 왕릉 같은 산소는 더구나 아니었다.

다만 자기가 심혈을 기울여 일생 동안 쓴 피와 땀의 결정체인 문학작품 몇 권만 남기고 싶을 뿐. 드디어 할 일을 다했는데 거지가 되어 죽건 연고 없는 행려병자가 되어 죽건 그게 다 무슨 상관이란 말인가.

죽을 때만은 자유인답게 훨훨 날아가게 해다오. 그곳이 지옥이든 천국이든. 톨스토이는 비로소 소원하던 자유인이 되어 초라한 모습으로 영원히 잠든 것이다.

새벽의 행복

한 3년 전부터 새벽미사에 나가기 시작했다. 새벽미사엔 주로 노인들이 많고 보면 나도 이젠 늙었다는 증거일지 모르지만 한두 번 나가고 보니 매일 그 시간이면 습관적으로 눈이 떠지고 새벽 공기가 마시고 싶어졌다.

남편은 자명종 시계를 머리맡에 놓고 그것이 새벽 3시 반에 울리면 기계처럼 일어난다. 새벽기도를 올리고 난 다음 곧장 약수터로 가서 약수물을 긷고 운동도 하다가 5시 10분이면 거의 정확하게 집으로 돌아온다. 그가 문 여는 소리에 내가 일어나는 것이다. 세수를 하고 걸어서 10분 거리밖에 되지 않는 성당으로 간다. 5시 40분쯤 된다. 6시에 미사가 시작되어 6시 반이면 끝나는데 매일 오는 사람은 거의 정해져 있다. 7~80명가량. 갈 때마다 뜨거운 소망을 안고 간다.

간절한 마음으로 꼭 이뤄주실 것을 간구한다. 그것이 이뤄지면 너무 감사하고 눈물겨워 기쁜 마음으로 달려간다.

그러니까 내 기도의 길은 소망과 감사의 벅찬 길이 된 것이다. 눈이 오나 비가 오나 하루도 거르지 않고 열심히 다녔다. 하루는 천둥 번개가 치고 곧 머리 위로 벼락이라도 떨어질 듯 어둡고 비가 억수같이 쏟아지는 새벽이었다.

번갯불이 번쩍번쩍 빛나고 우산을 받았지만 옷은 비에 흠뻑 젖어 몸이 떨렸다. 그래도 그 길을 한사코 갔다. 그랬더니 그만 한기가 들고 감기 기운이 돌기 시작했다. 그 다음날은 도저히 일어날 수가 없었다. 그래서 부득이 그날은 새벽미사에 나가지 못했다. 꺼름칙하기가 이를데 없었지만 별도리가 없었다. 그날밤 꿈이 너무 신기해서 얘기를 아니할 수가 없다.

꿈에 어디서 전화가 왔다. 벨이 요란스럽게 울리길래 받아봤더니. 하느님한테서 온 전화였다.

"왜 어제 아침엔 새벽미사에 안 나왔지?" 하고 물으셨다. 너무나 놀란 나는 엉겁결에 "어머, 주님이시군요. 어쩌면 새벽미사에 나오는 사람의 얼굴까지도 다 알고 계신단 말에요?" 하고 물었다.

그리고 깨니까 꿈이었다. 하느님한테서 온 전화! 하느님은 우릴 다 알고 계시는 게 틀림없어! 그러나 나한테 어떻게 전화를 다 걸어주시지? 나는 그만 더 잠을 잘 수가 없었다. 그

꿈만을 생각하면서 새벽이 오기를 기다렸다. 아직 몸이 좀 이상하지만 오늘 새벽기도는 기어서라도 가야지. 하느님이 저토록 다 알고 계시는데 안 갈 수 있어!

나는 이른 새벽길을 가르며 성당으로 달려갔다. 주님이 앞에서 보시고 계시는 듯했다.

서로 이름도 모르고 어디 사는 누군지도 모르지만 정해진 듯한 그 자리에 빠짐없이 늘 나오던 사람이 안 나오면 궁금하기 이를데 없다.

"어디가 아픈가? 어디 갔나?"

그러다 다음날 여전히 그 자리에 그 사람이 나와 있으면 뒷모습만 봐도 내심 반갑다. 노래를 잘 부르시는 어느 할아버지가 하루라도 빠지면 찬송가 합창 소리가 그만 엉망이고 소리도 잘 들리지 않는다. 그래서 그분이 빠지면 첫째 노래 부를 때 지장이 많다. 또한 아저씨는 너무나도 열심히 기도를 하시기 때문에 도대체 무슨 기도를 저렇게 열심히 하실까 하고 늘 궁금하다.

어떤 할머니는 영세도 아직 안 받으신 분이라는데 너무나도 열심히 매일 나오셔서 고맙기 이를 데 없으며 새벽잠을 설치며 꼬박꼬박 나오는 어린 소년 복사들이 참으로 기특스럽다. 아마 엄마들이 깨워줄 것이다.

살아가는 한 소망은 끝없이 솟아오르고 뜨거운 기도 아래 이뤄지는 신기한 일들 때문에 눈물겹도록 감사하다. 믿음과 소망과 감사를 안고 하루도 빠짐없이 새벽길을 간다.

그런데 이런 말이 있다. 새벽 공기도 중독성이 있다는 것이다. 새벽 공기가 얼마나 맑고 시원한지 그걸 매일 마시다 보면 안 마시고는 못 배긴다는 것이다.

그리고 새벽별은 샛별이나 금성의 매력은 대단하다. 제일 먼저 눈인사를 하는 게 새벽별이기 때문이다. 늘 달 옆에 붙어 다니면서 눈웃음 짓는 별의 얼굴은 새벽이면 너무 반갑게 다가온다.

'새벽에 이겨야 인생에 이긴다'고 어느 교회에서는 길다란 플래카드까지 내걸고 있다.

그렇다 새벽 시간은 참으로 많은 중요한 일을 해주는 황금 시간이다. 새벽을 최대한도로 이용할 줄 아는 사람치고 세상을 잘못 산 사람은 아마 한 사람도 없을 것이다.

'기도할 수 있는데 왜 걱정하십니까.'

나는 이 플래카드를 긴 천에 써서 1년 내내 교회 앞에 걸어 놓고 있는 어느 교회를 무척 사랑한다. 기도할 수 있는데 왜 걱정하느냐 기도해서 그 기도가 이뤄진다는 걸 왜 모르십니까 하고 묻고 있는 것이다. 간절한 소망과 간절한 기도는 하늘도 감동시킨다고 나는 믿고 있다.

스스로 돕는 자를 하늘도 돕는다고 했던가 스스로 최선을 다하고 난 후에 정말 더 이상 최선을 다할래야 다할 수 없을 때까지 스스로 해보고 기도의 힘을 청해봐야 할 것이다.

새벽길을 오가면 거기 희망도 같이 따라온다. 이것은 오랜 체험으로만 알게 된다.

30억 엔과 행복지수

나는 한동안 〈불새〉를 보는 낙으로 살았다. 드라마 한 편이라도 볼만한 것이 있으면 그걸 보는 낙으로 살아갔다. 그 언제부터 아주 작은 것에서 행복을 느끼기로 한 것이다. 그 시간이 될 때까지 다른 일들을 미리 다해놓고 초저녁 잠이 유난히 많은 나는 잠까지 미리 자 두려고 낮잠까지 잤다.

그 드라마가 방영될 시간에 맑은 정신으로 깨어 있기 위해서였다. 그런데 그 불새의 주인공인 이은주가 자살했다. 나도 다른 사람들처럼 끝까지 텔레비전을 보며 그녀의 죽음을 몹시 애도했다.

심한 우울증 때문에 불면증으로 고생했으며 드디어 옷걸이에 목을 매 죽었다고 아버지, 어머니, 오빠, 언니들에게 유서까지 써놓고 귀여운 막내딸은 그만 자살하고 만 것이다.

수많은 사람들의 애도 속에 한줌의 재가 된 그녀.

우울증과 불면증을 불러 일으킨 사유가 뭔지는 오랜 시간이 지나봐야 알겠지만 이웃나라 일본에서도 이런 일이 있었다. 마침 내가 일본에 있을 때였다.

일본 히로시마에 있는 '노미죠' 라는 곳에 내 막내 여동생이 살고 있기 때문이다. 막내 여동생은 한국에 일하러 왔던 일본 남성의 열렬한 구혼을 받고 하는 수 없이 결혼했다. 그들에게서 난 외아들이 올해 스물다섯 살이니까 25년째 살고 있고 이름도 남편 성을 따라 소네가와 아끼꼬가 되었다.

일본에서는 연예인들의 자살문제로 자못 심각한 충격을 받고 있다. 벌써 7건의 연예인 자살이 있었기 때문이다.

자살이란 가톨릭에서는 대죄에 속한다. 창조주가 부여한 생명을 자기 마음대로 끊어 버린다는 것은 죄 중에서도 대죄에 속한다고 되어 있기 때문이다.

이혼도 그렇다. 신이 맺어준 인연을 사람이 마음대로 풀어 버릴 수 없으며 만약 자유자재로 이혼을 해서 그 맺음을 풀어 버린다면 이것 역시 대죄다.

그런데 일본인들의 죽음관은 좀 다른 것 같다. 가미가제 특공대라던가 '신쮜' 라는 것에서 볼 때 그들은 죽어서 신이 된다고 믿는 내세관이 있다는 것이다. 죽음에 대해서 매우 용감한 전통관을 지니고 있는 것도 사실이다.

일본 청소년 팬들의 우상이었던 18세의 소녀가수 그야말로 폭풍적인 인기로 일본 팬들을 사로잡은 달러박스였다.

열다섯 살 되던 해 데뷔해서 3년 동안 그녀가 벌어들인 돈은 자그만치 30억 엔. 30억 엔이라면 우리나라 돈으로 환산해서 1백억 원도 넘는 액수가 그가 인생을 열 번쯤 다시 태어나서 쓴다 해도 충분히 쓰고도 남을 만큼 그는 돈더미 위에 앉게 된 가수였다.

그런 인기 가수가 42살의 미혼남자 배우에게 짝사랑을 느끼고 그것을 비관해서 투신자살했다. 그의 행복에 30억 엔이라는 어마어마한 액수가 아무 힘도 작용하지 못했다고나 할까. 돈 같은 것은 무의미했는지도 모른다.

왠만한 사람들이면 돈만 많으면 얼마든지 행복하게 살 수 있다고 믿고 있다. 실제 돈만 있으면 못할 것이 없고 행복도 살 수 있다고 생각하고 있는 현실이다.

그 소녀의 죽음은 이런 생각을 완전히 일축해 버렸다. 돈은 그의 행복에 있어 너무나 무력하고 아예 무시당했기 때문이다. 나이 불과 열여덟 살로 아름다운 청춘과 아름다운 목소리와 막대한 재력을 포기한 그의 죽음이야말로 애석하기 이를 데 없다.

짝사랑을 감당할 길 없었던 것일까? 어린 나이에 그리도 무참한 죽음의 길을 택하다니. 생각할수록 일본에서의 한 소녀의 죽음이 애석할 뿐이다. 돈만 있으면 행복도 살 수 있다고 생각하는 사람이 있다면 이 가수의 애기를 들려주고 싶다.

행복은 오직 사랑하고 또 사랑받을 수 있는 양지 쪽에만 있다는 것을.

인간 종달새

　몇 해 전 일본에 갔을 때 기성세대들은 아직도 '미조라 히바리'에 대한 그리움 속에 살고 있다는 걸 느꼈다. 그 가수가 갑자기 죽은 것이 언젠데 동네 부인들은 술을 마시면서도 생각하고 차를 마시면서도 그의 노래를 부르고 있었다.

　그냥 듣고 부르는 게 아니라 절규에 가까운 아쉬움과 그리움으로 일관하고 있었다. 미조라 히바리 같은 가수는 100년에 하나 아니 천년에 하나 날까 말까 하다는 것이다.

　혼자 무덤가에서 마시는 술은
　이별 뒤에 흘린 눈물맛 같구나
　혼자 있는 외톨이가 좋다기에
　난 또 그런 줄만 알았지 등등……

선술집에서나 가정에서나 그들은 미조라 히바리가 남기고 간 그녀의 노래를 술에 취해 부르고 있었다. 미조라 히바리의 사생활이 너무 불쌍했다는 것이다.

남동생이 둘에 다가 여동생이 하나 있었는데 그 남동생들이 둘 다 별로 사람 구실을 못한데다 마흔한 살이라는 젊은 나이에 연달아 죽었다고. 인정이 많고 남동생에게 유난한 애정의 소유자였던 히바리는 남동생들에 대한 애석한 정을 이기지 못해 그들의 무덤을 자주 찾았고 그 무덤가에서 몇 시간이고 술도 마시길 좋아했다는 것이다.

그밖에 여동생이 하나 있었는데 그 동생과는 별로 왕래를 하지 않았다고. 미조라 히바리도 결혼을 했지만 그 결혼생활도 채 1년도 못가서 파경에 이르렀다. 신혼여행을 갔다 오면서 벌써 두 사람의 표정은 너무 온 나라가 떠들석했던 결혼이라 간신히 1년여 동안 참고 살았다는 것이다.

그 후 히바리는 노래와 술로 살아갔다. 미조라 히바리는 어릴 때부터 남다른 애정으로 자기 형제며 어머니를 챙기는 효녀였다. 남동생들에게는 다정한 누이였다. 남동생들이 죽자 남동생의 아들 하나를 양자로 삼아서 조카가 아니라 친아들로 삼았다. 그 아이에게 낙을 붙이고 산 것이다.

히바리는 술을 워낙 좋아했다. 술 중에서도 무슨 술을 좋아했는지는 모르지만 으레 밤을 세워 마셨다. 같이 술을 마시다가 도중에서 자리를 뜨는 걸 가장 싫어했다고.

일본의 전 국민을 자기의 타고난 천성적인 노래로 위로하고 용기를 줬지만 막상 그 인기가수는 누구에게서도 위안을 받지 못하고 방황한 것이다.

몇 년 전 미조라 히바리의 장례식은 최고 기온 30.9도의 무더위인데도 일본 전국 곳곳에서 그의 팬들이 모여 더위로 쓰러지는 사람도 8명이나 있었다 한다.

전국 8개 장소에 분향소를 마련했는데 파라솔의 인파는 끝이 없어 공중촬영한 그의 장례행렬을 보면 어느 나라 왕의 장례식도 이처럼 자발적이고도 열성적인 애도 장면은 일찍이 볼 수 없었던 일이라고들 했다. 미조라 히바리와 전후의 시대를 같이한 여성들이 주로 많았으며 그와 같은 나이라는 52세의 어느 여성은 쇼화천황의 죽음보다도 더 충격적이라고 울면서 말했다.

배부르게 먹지 못한 배고픈 시대에 노래로서 배불렸다며 그의 노래는 그래서 잊을 수 없을 것이라고도 했다. 천황이야 어디 한끼도 굶어 봤겠느냐고 하면서.

조문객들의 무수한 꽃다발 속에는 1년 반 만에 헤어졌다는 옛날의 남편의 조화도 있었다. 밤새 같이 술을 마셨다는 남자 술 친구며 무대 위의 라이벌이었다는 어느 가수의 조화 등. 주요 조문객의 이름도 유사 이래 처음 그렇게 많았다. 조화 역시 유사 이래 처음 보는 호화 조화였다고.

장례식이 끝나고 브라스밴드가 히바리의 곡을 연주하자

조문객들이 눈물의 합창을 했다. 어깨를 들먹이며 애창곡을 부르는 그 합창 소리야 말로 응어리진 전후의 슬픔들이 모두 쏟아져 나오는 듯한 오열로 변했다고.

"대중이 낳은 히바리이기 때문에 대중에게 돌려주고 더 많은 사람에게서 이별의 인사를 받고 싶은 것"이라고 팬들은 울면서 말하고 있었다.

참으로 사람의 직업도 여러 가지다. 어떤 사람은 춤만 추는 무희가 되어 살고 또 어떤 사람은 화장터에서 사람이 죽어가는 것만 보고 사는가 하면 또 어떤 사람은 일생 동안 아픈 환자만 보고 살며 또 어떤 사람은 즐겁게 노래만 부르면서 사니 말이다.

괴롭고 고통스러운 것만 보면서 일생을 사느니보다는 종달새처럼 노래를 부르면서 사는 직업은 행복할 것 같다. 사람들의 박수 갈채를 받고 산다는 것은 축복받은 직업일 테니까.

그런 축복 가운데서도 이렇게 애석하게 전국 각처에서 애도하는 행렬 속에서 일생을 마치고 먼 여행을 떠난 미조라 히바리의 일생이야 말로 가장 행복한 사람이었는지도 모른다. 행복한 그의 일생을 생각하면서 인간 종달새의 일생에 대해 일종의 선망을 느끼기도 했다.

엘비스 프레슬리의 애도 행사는 언제까지나 세계인의 눈길을 끄는 가운데 행해지고 있다. 어느 대학에서는 그의 강

의까지 한다고 하는데 인간은 참으로 마음속에 어떤 영웅상
이나 동경의 대상을 갖지 않으면 살아갈 수 없는 군상들이
다. 어떤 형태든 그리움은 바로 험악한 세상을 앞장서서 밝
히고 섰는 산길 속의 불빛 같은 것 일테니까.

내 마음속 케리쿠퍼

스승에 대한 그리움은 어느 때 몰려오는 것일까. 오늘따라 먹구름처럼 밀려오는 이 그리움은 무엇 때문일까.

어쩌다 전도가 캄캄할 때라든가 의기소침해서 도무지 어떻게 살아갔으면 좋을지 모를 때 달려가서 의논드리고 싶은 선생님. 그런 대상이 이미 저세상으로 가시고 안 계실 때 나는 방황한다.

약수터로 골목길로 또 아무데나 그냥 쏘다닌다.

여태까지 잘 살아왔다고 자부했던 그 길이 영 잘못 걸어온 길임을 깨달았을 때 갑자기 당황하는 것이다. 그것은 우물 안의 개구리가 어쩌다 우물 안을 벗어나 우물 열 배쯤의 호수를 발견하고 거기 모여 있는 다른 고기들을 봤을 때 놀라는 그런 심정과도 같다고나 할지.

어디 하소연할 데 없이 억울할 땐 아무 말 없이 그저 엄마의 얼굴을 보러가곤 했었다. 이제 그런 어머니도 저세상으로 가셨으니. 얼마 전부터는 그저 학교 다닐 때 혹은 사회생활 할 때 늘 나침반이 되어 주신 몇 분의 선생님을 그리워하기 시작한 것이다.

학교 다닐 때 나는 유난히 선생님들의 사랑을 과분하게 받은 사람 중의 하나였다는 생각이 든다.

내가 선생님 말씀을 퍽 잘 듣는 순종형인데다가 열심히 공부하고 또 청소 같은 것도 별로 뺀질대지 않고 하는 편이어서 그런 탓도 있었겠지만 한 가지 특징은 내가 유독 잘 웃고 잘 우는 감정노골증형에다 조금은 귀엽게 구는 편이었던게 아닌가 싶다. 자화자찬인지는 모르지만 어쨌든 반 아이들의 질투의 대상이 되었으면 됐지 결코 개밥의 도토리형은 아니었다고 자부한다. 사실 사람은 누구나 자기가 주는 것만큼 받기 마련이랄까. 이심전심이란 말처럼 내가 먼저 그 선생님을 몹시 존중하고 사랑했기 때문에 역시 사랑도 되돌려 받았으리라 생각된다.

그런데 오늘은 이화대학 때의 은사 이헌구(李軒求) 선생님에 대해서 쓰고 싶다.

나는 어릴 때부터 서울을 동경하며 살아온 경상도의 시골 뜨기 계집애였다. 그래서 늘 초등학교만 졸업하면 서울의 이화여중에 가리라. 그리고는 이화대학이란 델 꼭 가야지. 내 마음속에 늘 이런 꿈이 붙어다녔다.

그것은 모윤숙 선생님의 『렌의 애가』를 읽은 후부터였다. 박목월 선생님이 계신다는 이화여중·고에 가고 그 다음엔 모윤숙 씨의 모교인 이화대학 이런 식으로 목표가 섰었다.

초등학교를 졸업하자마자 내 나이 열두 살 때였으니까 서양 나이로 치면 불과 10살 때 일이다. 아버지는 공직에 계셨기 때문에 못 오시고 서울에 산 적이 있다는 이모부의 길안내로 서울에 올라온 것이다.

이화여중에 응시했다.

자신있게 시험을 쳤던 것 같은데 막상 합격통지서를 받아보니 얇디 얇은 게 불합격 통지서였다. 나는 마당 한쪽에 있는 광에 들어가서 광문을 안으로 잠그고 틀어박혀 사흘 밤낮을 울었다. 그땐 일제시대 말기였다. 그리고는 이화여중 교장에게 장문의 항의편지를 쓰고 내 시험지와 성적표를 되돌려 보내줬으면 좋겠다는 편지를 부쳤다. 물론 받았는지 못 받았는지 답장도 없었지만.

그 후 드디어 대학에 진학하기 위해 당당하게 서울에 온 것이다. 서울 상경기는 생략하기로 하고 대학에서 처음 뵙게 된 이헌구 교수님의 얘기로 들어가겠다.

이화대학 배지를 가슴에 단 첫째 주일 문학계론 시간에 선뜻 들어오신 이헌구 교수의 첫인상은 '누구를 위하여 종을 울리나'의 배우 케리쿠퍼 같은 미남형이었다. 훤칠한 큰 키며 표준형인 체격에 서글서글한 맑고 큰 눈매.

우리는 순간 얼어 버렸다. 유명한 문총회장이며 문학평론가인데다 시인이신 이헌구 교수가 상상 외로 미남인데 놀란 것이다.

특히 눈이 동양 남자들의 전형적인 새우눈이 아니고 서양 배우들의 크고 푸른빛을 띤게 신기하게 매력적이었다.

입매도 한 일자로 다문 서양 남자다운 그런 입 모습이어서 과연 이화대학의 인문대학 주임 교수답다고 생각했다. 우리 국문과 1학년 학생 전원 55명이 꽉찬 교실 거기에 케리쿠퍼 같은 미남 교수 한 명이 혜성처럼 등장함으로써 사춘기 처녀들의 눈총이 따갑게 그 대상에 꽂히자 이 교수는 아예 눈 둘 곳을 못 찾고 시종 천장만 쳐다보며 강의를 했다. 단 한 번도 학생들 얼굴을 보거나 질문 같은 것도 하는 법 없이.

수줍고 되려 얌전하기까지 한 순진 미남 교수······. 가까이 가기엔 너무 먼 대단한 미남이라 감히 명함도 내밀지 못한 채 그렇게 보름이 가고 느닷없는 6·25전쟁을 겪게 된 것이다. 피난지 부산에서 9·28수복 후 맥아더 장군의 인천상륙작전 성공으로 드디어 우리 반이 그립고 그립던 신촌 이화대학 본교사에서 수업이 시작된 것이다.

미남 케리쿠퍼 씨의 천장 수업도 여전히 계속되었다.

우리 반 아이 이름이나 알까. 한 학생의 얼굴이라도 알 수 있을까. 저렇게 시종 천장만 쳐다보고 한마디 말도 안 해봤으니 이다음 길에서 만나도 누군지 알아보시기나 하실까?

드디어 졸업반이 된 어느 날이었다. 《희망》잡지사에서 왔
다며 남자 기자 한 명과 사진기자 정도선(鄭道善, 초대 사진작
가) 씨가 화보 촬영차 우리 이화대학에 왔다는 것이다. 그런
데 우리 반에서 나를 찾는 게 아닌가.

나는 무슨 영문인지 모른 채 그냥 그들이 시키는 대로 장
미꽃이 활짝 핀 봄의 캠퍼스 앞에서 사진촬영을 위한 포즈를
취했다. 시키는 대로 장미꽃 가운데서 수줍게 미소를 지었
다. 촬영이 끝나자 나는 비로소 무엇 때문인지 알면 안 되겠
느냐? 쭈빗쭈빗 물었다.

"아 네. 문학계의 호프라는 타이틀의 화보 촬영인데요. 이
화대학에선 권정필 양 홍익대학에선 김지향 씨 이렇게 교수
님이 추천을 해주셨어요."

남자 기자는 유창한 말투로 설명해 줬다.

"어느 교수님께서 절 추천해 주셨나요?"

"네. 이헌구 교수님이죠. 물론!"

나는 정말 너무 뜻밖이라 깜짝 놀랐다. 그 선생님이 어떻
게 나하고 이야기 한 번도 해본 적이 없는데 모윤숙 선생님
이라면 몰라도 작품도 많이 갖다 드렸고 모 선생님께서 내
시도 영문과의 영문학과 시간에 영역까지 해주시면서 강의
해주셨다는 얘기는 친구로부터 전해 들었지만 설마 케리쿠
퍼 씨께서. 그 선생님의 문학계론 시간에 써낸 시나 논문 등

작품들을 집에 가서 꼼꼼히 보셨다는 거 아니야 그럼. 이름까지 아시고.

나는 뜻밖의 소식에 그만 자가도취해서 어리둥절했다. 이래서 인생은 장미빛 인생이라고들 하는가 보다.

한 달 후쯤 그 문제의 잡지가 나왔다. 화보 촬영은 대성공이었다. 어찌나 팬레터가 전국 방방곡곡에서 날아오는지 본교 앞의 우편함엔 내 편지로 가득 차고 넘쳐서 매일 분홍색 보자기에 편지들을 싸갖고 집으로 가야 했다. 집에 가서 팬레터에 일일히 답장도 써서 보냈지만 너무 많아 감당키 어려웠다. 졸업 논문에 졸업 시험 등 도무지 그 많은 편지에 답장을 쓸 시간 여유가 나지 않았다.

이헌구 선생님에게 가서 감사합니다란 인사 한마디도 매일 연습했지만 입속에서 맴돌다 끝났을 뿐 결국 못하고 졸업하게 되었다.

그러던 어느 날 내가 졸업 후 문단에서 시인으로 활동을 하고 있을 때였다. 그때는 이미 나도 결혼했고 세 아이의 엄마가 돼 있을 때였다.

나는 40대 중반쯤이었고 1980년 초쯤이었다. 이헌구 선생님이 동대문에 있는 이대부속병원에 입원하셨다는 소식을 들었다. 나는 제반사하고 병원으로 달려갔다.

사모님이 병실 앞에 서 계셨다. 이헌구 선생님은 침대에 누워 계시고 우선 나는 이헌구 선생님 곁으로 가서 누워 계시는 선생님의 어깨와 마비됐다는 손과 발을 뜨거운 타올로 닦아드리고 주물러 드렸다. 얼마나 이렇게 하고 싶었던가. 내가 동경하고 감히 가까이 갈 수도 없었던 분을 이제사 마음껏 만져볼 수 있다는 게 너무 고맙고 눈물겨워 기도처럼 신들린 듯 꼭꼭 주물러 드렸다.

이 선생님도 나를 알아보시고 고맙다고 하시면서 마치 오빠나 아버지처럼 미소로 대해 주셨다. 인사불성은 아니고 정신은 말짱한데 풍을 만난 것이다. 오른쪽에 마비가 온 듯했다.

사모님은 병문안을 끝내고 나오는 나를 병원 앞까지 배웅해 주시며 남편에게 품었던 감정을 화난 얼굴로 말씀하시며 하소연하셨던 기억이 지금도 난다. 왜 모든 남편들은 아내 말을 안 듣고 결국 저렇게 쓰러지고 마는 걸까. 그때 나는 그런 생각을 하며 쓸쓸히 집으로 돌아왔다.

그렇지만 절대 그 교수님을 내 뇌리에서 영원히 지울 수는 없다. 고맙고 황송하고 아무 대가도 없이 부족한 나를 문단에 등단시켜 주신 그 은혜 죽어도 잊지 않을 것이다. 참으로 깨끗한 문단 선배님이며 학처럼 고고한 스승이셨다.

지금 이헌구 선생님은 돌아가시고 안 계시지만 내 마음속에 선생님은 영원히 살아 계신다.

케리쿠퍼 선생님을 위해 언제까지나 마음의 종을 울려 퍼지게 하리다.

서귀포에서의 1년 반

난생처음 제주도에 발을 들여 놓은 것은 1992년 2월 하순께였다.

제주도는 '신구간'이란 게 있어서 1년에 한 번 이사하게 돼 있다는 말을 듣고 신구간에 이사를 간 것이다.

서울에서 이삿짐은 이미 배편으로 가게 되어 있었고, 우리 내외와 둘째 아들이 비행기를 타고 제주공항에 내렸다. 공항에 내리자 부슬부슬 비가 내리고 있었다. 서울 같으면 곧장 택시를 탔을 텐데 그게 아니었다. 제주시의 택시는 서귀포까지 갈려면 워낙 거리가 멀어 잘 안 탄다는 것이다.

마침 서귀포 부두까지 가는 리무진 600이 공항 앞에 대기하고 있어 그걸 탔다. 얼핏 차창으로 내다본 제주공항은 마치 하와이를 연상케 했다. 파인애플 나무가 여기저기 즐비하게 서 있어 어딘지 이국적이다. 리무진은 해안도로를 따라 한없이 달렸다. 1시간 반쯤 되는 거리라고 한다.

2월의 바다가 보였다. 가슴이 확 트이는 것만 같았다. 갈대처럼 생긴 억새밭이 너무 많은 게 인상적이었다. 허연 머리를 바람결에 흔들어 대고 있는 억새풀을 바라보면 왠지 인생의 허무를 느끼곤 한다던가.

그렇다 인생은 허무하다고들 한다. 그래서 나도 40년이나 몸담고 살아온 서울을 떠날 생각을 했는지도 모른다. 왜 그렇게 서울을 떠나고 싶었을까? 이유야 간단했다. 아들 둘 딸하나의 3남매를 낳아서 기른 곳도 서울이오. 그들을 공부시키고 결혼시키기까지 발버둥쳤던 곳 역시 서울이었기에 어디 조용한 곳에 가서 그동안 쓰고 싶었던 글이나 쓰면서 살고 싶었을 뿐이다.

그래서 택한 곳이 서귀포였다. 건설회사를 하고 있는 둘째 아들 덕분에 갈만한 아파트 한 채도 쉽게 마련할 수 있었고 해서.

서귀포 부두 앞이 리무진의 종점이었다. 거기서 택시를 탔더니 한 구역 거리에 아파트가 있었다. 이틀 전에 서울에서 실어보낸 이삿짐이 먼저 와서 기다리고 있었다. 서귀포 생활이 이렇게서 시작된 것이다. 그렇게도 보고 싶었던 한라산이 우리 안방이나 건넛방에서도 똑바로 잘 보이는 게 아닌가. 그 유명한 한라산이 앉아서도 보이고 누워서도 보였다.

그런데 알고보니 한라산은 제주도 전 지역에서 다 보일 만큼 높은 산이라고 한다. 어딜 가나 제주도 사람이면 다 그 산을 바라보며 사는 것이다.

그리고 또 놀란 것은 개인주택 마당에도 귤밭이 있고 뒤뜰에도 귤나무가 있을 정도로 일상생활 주변이 거의가 귤밭을 끼고 사는 풍경을 볼 수 있었다. 앙징맞고 작은 그 귤나무는 어린아이들도 얼마든지 딸 수 있을 만큼 키가 작은 가지에 노란 귤이 수없이 열리는 그런 앙징스런 나무라는걸 처음 알았다. 가지가 휘어지도록 수많은 귤이 열리는 다산형 나무였다. 물론 귤나무가 다 작은 게 아니라 개량형의 큰 것도 많긴 하지만. 2월 말경이면 서울은 아직도 춥고 봄눈이 흩날릴 만큼 음산할 텐데 제주도는 한 석 달쯤 앞서가는지 2월인데도 마치 완연한 늦은 봄날씨였다.

이삿짐을 정리하고 둘째 아들도 서울로 돌아간 후 단 둘만 남게 되었다. 큰아들은 독일인과 결혼해 독일에서 살고 있다. 15년째. 그런데 참으로 이상한건 그렇게도 자진해서 미련없이 떠나온 서울이 일주일도 채 못되 벌써 그리울 줄이야. 텔레비전에서 서울 거리만 봐도 반갑고 그저 서울 소식만 들어도 마치 고향소식처럼 느껴지는 것이다. 서울이 싫어져서 떠나온 지 일주일밖에 안됐는데.

40년의 정이란 이렇듯 강인한 밧줄을 내 마음속에 엮어 놓고 있었던 것이다.

일주일에서 열흘이 지난 후부터는 벌써 손녀 손자의 얼굴을 보고 싶어 하고 고개를 북쪽으로만 향하고 있는 나를 발견하곤 했다. 서울 소식이 듣고 싶어 저녁 텔레비전 방영시간을 기다렸다. 새벽 동해물과……에서부터 트는 게 일이었다.

이러다간 안되겠다 싶어 우선 외출했다. 무작정 걷다 보니 차 한 잔이 생각나 서귀포 중앙통에 있는 '미등'이란 2층 다방에 들어갔다. 혼자인 나는 그 다방의 실내장식부터 두리번거리며 살폈다.

다방인지 서점인지 분간이 안 될 정도로 양쪽 벽이며 테이블 위에 가득 꽂힌 책들. 주로 시집이며 소설류에서부터 작가들의 얼굴을 데생한 그림도 열댓 장 있었다. 그리고 꽤 많은 명곡판이 꽂혀 있었다. 비싼 오디오 시설이 거의 완벽하게 설치돼 있다는 남자 주인의 설명에 따르면 음악감상실로도 자신있게 구비했다고.

바이올린에서부터 하모니카, 피리 같은 악기도 장식용처럼 놓여 있고 전면 싱크대 쪽에는 세계의 갖가지 커피 병이며 커피잔들이 넓은 벽을 가득 차게 진열되어 있는 게 아닌가. 커피도 진품인데다가 거기 김 선생 부인이 손수담아서 끓여 낸다는 유자차 맛은 유자의 향기와 꿀의 조화로 맛있었다.

김 선생은 서울의 고려대 철학과를 졸업한 서귀포여중 교

장의 아들이고 그의 부인은 성신여대 가사과를 나온 연극인
이었다고 한다. 민정이란 일곱 살 난 딸 하나를 데리고 그 다
방에서 주택 겸 다방이랄까 기거하며 생활한다는 것이다. 나
중엔 아파트도 사고 분리됐지만.

책은 주소 성명만 적어놓고 그냥 빌려 주었다. 나는 차를
마신 후 그들 내외와 이야기를 나눴다. 김 선생은 본토박이
제주인이어서 제주도에 대해서 궁금한 게 있으면 뭐든지 자
기한테 물어보라고 했다. 그리고 한 권의 시집을 빌려서 돌
아왔다.

6월 말이 되자 나는 운전면허증 따기에 도전하기로 했다.
더 이상 갈 곳 없이 집에만 있을 수 없어 생각 끝에 내린 결
론이었다.

서귀포 1호 광장에서 자동차 학원의 차는 1시간 간격으로
있었다. '위미'에 있는 그 자동차운전학원에는 지금도 사람
들이 그렇게 많이 모여 있을 것이다. 나는 그곳에 나가는 날
로부터 외로움과 서울에 대한 향수를 떨쳐낼 수 있었다. 대
학생에서부터 주부, 직장여성 또는 어부 등 다양한 남녀들과
한데 어울려 대화를 하다보면 어느새 내 차례가 오곤했다.

내가 기어이 운전면허증을 따기까지 장장 5개월 동안 참으
로 희노애락을 같이 한 즐거운 한때를 그곳에서 보낼 수 있
었다. 추억들은 결코 영원히 잊지 못할 것이다.

땀과 눈물과 좌절 또는 환희의 쌍곡선을 이룬 나의 서귀포

생활 5개월이 흘러가고 이곳에도 쓸쓸한 가을이 찾아왔다.

서귀포의 5일장도 명물이다. 4자와 9자 붙은 날마다 1호 광장에서 열린다. 5일장에 가보면 길이가 유난히 짧고 싱싱한 제주산 바나나가 서른 개 들이 한 다발에 보통 1천 5백원에서 2천 원밖에 안 했다. 굵은 감자도 천 원 어치면 푸짐했고 고구마가 맛있다. 그리고 분이 팍팍 나는 제주산 밤고구마는 싸고도 맛있었다. 잊지 못할 먹거리 중 하나다. 그뿐인가 수박은 보통 5백 원, 천 원이면 들고 올 수도 없이 컸고 감귤은 아예 그저 주는 것 같았다. 어떻게나 많이 주는지 그 귤이 또 싱싱할 뿐 아니라 달고 맛있는지.

하얗게 씻어 말린 옥도미도 푸짐해서 노릿짱하게 구워 먹기도 하고, 한라산에서 나는 산나물이며 버섯도 싱싱하고 맛있어서 산나물인데도 쇠고기 맛이 났다. 그대신 여성들의 옷이며 화장품값은 엄청나게 비싸다. 육지에서 들어오기 때문이란다. 어쨌든 제주도에서 생산되는 특산품은 싸고도 좋았지만 육지에서 건너온 물건이면 뭐든지 엄청나게 비싼 편이란 걸 알았다.

제주도 여성들은 대체로 활동적이고 경제관념이 철저하고 육지에서 온 타도시 사람 즉 우리 부부 같은 사람을 경계하는 눈치였다.

제주도 남성들은 대개 검은 피부에 잘 생긴 편이며 거무튀튀한 체격과 무뚝뚝한 것이 남성미가 있다. 대문은 늘 열어

놓고 살거나 아예 없다.

　날씨는 몹시 변덕스럽고 개인 날이 별로 없는 것 같았다. 부슬비 같은 게 늘 내리고 머리카락은 마를 새 없이 젖었다. 시장에서 파는 파나 나물 같은 건 누구나 깨끗이 다듬어서 팔기 때문에 몹시 편리했던 생각이 난다. 이러고 보니 내가 살았던 1992년도만 해도 아주 옛날 같은 생각이 든다. 하루는 서울에서 온 세브란스병원의 김기령 박사 내외한테서 전화가 걸려왔다. 회사에서 의사들의 세미나가 있어 같이 제주 신라호텔에 묵고 있다는 것이다.

　그때만 해도 제주시 중문단지에 있는 호텔이야말로 이상적인 환경이 조성돼 있는 최고급 특급 호텔이다. 푸른 바닷가에 하얀 성처럼 지은 석조 호텔은 그야말로 헐리우드의 화려한 호텔을 방불케 했다. 파란 잔디 사이에 드문드문 놓인 통나무 벤치며 오솔길, 호수 등 말할 수 없이 아름다운 조경을 이루고 있다.

　김 박사 내외와 우리 부부는 한라산 중턱까지 택시를 타고 올라가 그곳 한라 휴게소에서 내렸다. 휴게소에는 선물용품이며 음료수 등이 쌓여 있었다. 커피 맛도 일품이었다. 바로 부쳐 내는 감자 부침개도 맛있고 김 박사의 익살스런 유머 때문에 몇 달 밀린 웃음을 한꺼번에 다 폭발시킬 수 있어 정말 즐거웠다.

　그리고 며칠 후 우리 부부는 여미지(如美地)에 갔다. 여미지

식물원에는 세계 각국의 꽃과 유명한 식물들이 총망라되어 있었다. 세계 초목치고 없는 게 거의 없다는 정평이 있을 정도로 희귀한 식물의 천국이었다.

드디어 우리는 1년 가까운 서귀포 생활을 일단 중단하고 서울로 다시 올라와야 했다. 우선 비행기 푯값이 많이 들었다. 남편과 내가 자주 서울을 오르락내리락해야 했기에. 그때만 해도 우리 부부가 서귀포에서 은둔생활을 하기엔 너무 젊다는 결론에 이른 것이다.

그렇지만 내가 60평생 다녀 본 곳 중에서 가장 아름답고 감탄할 만한 곳은 역시 제주도밖에 없다는 생각이 든다. 그곳 제주도를 결코 잊을 수 없다. 언제 다시 가게 될지 모르지만 언제고 다시 가서 꼭 살고 싶은 곳임엔 틀림없다.

제주도여 서귀포여 꼭 다시 만날 때까지 안녕!

하이네의 마지막 시

하이네는 척수결핵으로 움직일 수 없는 몸으로 병상에 누워 있었다. 그것은 산채로 매장된 송장이나 같았는데 유일한 낙은 종이와 연필로 안간힘을 다해 몇 줄의 시를 쓰는 것이었다.

그렇게 지내는 어느 날 하이네가 입원해 있는 병원으로 금발의 젊은 여자가 찾아들었는데 하이네의 시에 곡을 붙인 몇 편의 작곡을 가지고 찾아온 여류소설가였다. 하이네는 그녀를 '무쉬(Mouche)'라고 불렀는데 그것은 불어로 '파리'라는 뜻이었다.

그들은 초면이 아니고 12년 전에 이미 기차 칸에서 만난 사이로 그녀의 이름을 '무쉬'라고 부르는 것은 오랜 병상에 누운 자기를 친한 친구들도 다 잊고 말았는데 오직 윙윙거리는 '파리'만이 찾아주고 있다고 해서 붙인 이름이라고 한다.

무쉬는 하이네의 종말 조금 전에 일어난 조그만 부활이었으며 그의 생의 마지막 열정의 꽃이었다. 하이네는 24편이 넘는 사랑의 시를 그녀에게 바쳤다. 그녀의 본명은 까밀라 센덴(Camilla Selden)인데 12년 전에는 하이네 자신이 '마고트'라 불렀었다.

하이네는 2월 16일 밤 갑자기 사투를 시작하더니 "써야 한다. 종이 연필……." 하더니 숨을 거두었다고 한다. 그녀에게 헌시 중의 이런 것이 있다. 제목은 「싸늘해진 자」란 것이다.

죽으면 오랫동안
무덤 속에 누워 있어야겠지
생각하면 두렵고 또 두렵고
부활이란 그리 빨리 오지는 않겠지

또 한 번 생명의 빛이
지기 전에 내 심장이 멈추기 전에
한 번 더 죽기 전에
축복 속에 여인의 총애를 받아봤으면

그녀는 금발이어야겠지

눈빛은 달빛과 같이 부드럽고
왜냐면 강렬하게 불타는 햇빛은
내가 더 이상 견딜 수 없을 테니까

건강한 젊은이는 활력에 넘쳐
정열의 소요를 바라겠지만
그건 날뛰는 광기의 발로이며
서로의 영혼을 괴롭히는 일

젊지도 않고 건강하지도 못한
이 순간에
정말이지 다시 한 번 사랑하며
행복해지고 싶다. 허나 소란하지 않은 채

산채로 매장된 송장이나 다름없는 병상에서 종이와 연필
로 죽을 힘을 다해 시를 썼던 하이네. 건강한 몸이면서도 멀
쩡하게 허송세월하며 시를 쓰지 않는 나 자신과 이땅의 많은
시인들을 생각하게 된다.

아무도 찾아주지 않는 병상에서 파리떼만이 윙윙거리는
버려진 상태에서도 여인에 대한 정열로 무려 24편이나 되는
헌시를 썼다니 아마도 죽을 힘을 다해 썼을 것이다.

그의 시는 앞에서도 말했지만 이런 대목이 있다.

　건강한 젊은이는 활력에 넘쳐
　정열의 소요를 바라겠지만
　그건 날뛰는 광기의 발로이며
　서로의 영혼을 괴롭히는 일

　젊지도 않고 건강하지도 못한 이 순간에 나는 정말이지 다시 한 번 사랑하고 싶다고 간절하게 말하고 있다. 이것은 단한마디의 과장도 없는 솔직한 고백이었을 것이다.

　하이네뿐 아니라 화가 반 고흐는 어떠했는가. 37년이란 짧은 일생을 살다간 반 고흐는 십 년간 그림을 그렸지만 그의 생전에는 단 한 점의 그림밖엔 팔리지 않았다. 그러기 때문에 그는 가난했고 외로웠고 비참하리만큼 소외당한 무명화가였다. 그렇지만 그는 소신을 갖고 많은 그림을 그렸다. 그가 죽은 지 100년도 못되어서 그 그림은 천문학적인 값으로 팔려나갔고 전 세계 사람들은 고흐의 그림 앞에서 움직일 줄을 모른다. 지하에 있는 고흐가 이런 사실을 안다면 얼마나 놀랄까. 살아생전에는 단 한 점의 그림마저도 헐값으로 그것도 애걸하다시피 해서 겨우 팔아서 입에 풀칠을 했는데 이제 그 그림들이 몇억 대의 기상천외한 값으로 팔리고 있으니 그 얼마나 어이없는 기적인가 하고.

　하이네의 이야기를 하다가 잠깐 고흐 생각이 나서 고흐의 이야기를 했지만 하이네야 말로 죽는 순간까지 시를 쓴 행복한 시인이었다는걸 기억해줬으면 한다. 누구나 시인이라면 죽는 순간까지 시를 쓰다가 죽어가는 시인이 돼야 할 것이다. 남이 알아주기 때문에 시를 쓰는 것은 아니다.

남이 알아주든 말든 자기 내부에서 불타는 시정을 걷잡을 수 없어 시를 쓸 수밖에 없는 그런 시인이 돼야 할 것이다. 살아가기에 너무 바쁘다고 현대인들은 곧잘 말한다. 바쁘다는 것은 마음의 여유가 없다는 뜻이다.

아무리 바빠도 건강하면 시를 쓸 수 있다. 일본의 천재시인 이시가와 다꾸모꾸는 불과 서른 살도 못된 26세에 죽었다. 중학교에 다니던 16세에 처음 시를 알고 쓰기 시작했다니까 불과 11년밖에 안되는 셈이다.

1912년에 그가 죽기까지 이 단명했던 시인은 1천여 편의 시를 썼다. 이밖에 수많은 단가(短歌) 소설, 수필, 평론 등 숨쉬는 것보다 더 많은 글을 썼다고나 할까.

시골에서 태어난 그는 작은 절의 주지 아들이었지만 아버지가 횡령죄로 주지스님을 그만두는 바람에 고향에서 야밤도주하다시피 한다. 그리고 가족이 뿔뿔이 헤어진다. 언제나 동경 하늘을 그리워하며 시골 오지의 신문지국을 전전한다.

21세에 결혼을 했지만 아들까지 하나 있는 그들 부부는 떨어져서 살아야 했다. 같이 살 집도 생활비도 없었기 때문이다. 월급이라고 받아봤자 하숙비나 교통비에 다 들어갔기 때문이다. 그러나 결국 동경으로 오게 된다. 동경에 사는 동안

240수라는 시를 써서 발표하고 천재시인으로 인정받는다. 그가 26세에 죽지 않고 77세까지라도 목숨이 붙어있었다면 얼마나 좋았을까. 정말 주옥같은 시를 더 많이 쓰고 세상을 좀 더 맑은 공기로 정화시켰을 텐데……. 영양실조에 걸려 폐병으로 피를 토하며 죽어간 천재시인이 애석하다.

　하이네도 척수결핵으로 죽었지만 그들 시인들은 저승에서 서로 만났을 것이다. 같이 어울려 다니며 시를 애기하고 여전히 그곳에서도 주옥같은 시를 쓰고 있을 것이다.

　살아도 시인이며 죽어도 역시 시인은 시인일 테니까.

등잔 밑이 어둡다고

6·25전쟁 이듬해 봄이 되었다.

소련제 탱크 250대를 몰고 지축을 울리며 기습한 북한군과 소련군 그리고 중국 인민군대들은 그야말로 인해전술로 수도 서울을 탈환했다. 의정부 등 38선에서 국군은 거의 전멸했다. 그다음은 대전, 다음엔 김천, 김천 다음은 상주.

낙동강을 사이에 두고 국군과 인민군의 치열한 공방전이 계속되는 동안 우리나라 계엄사령부는 대구에 와 있었다.

이승만 대통령은 부산에 있는 것 같았고 국군사령부는 대구에 있었다. 대구와 부산만은 사수해야겠다는 계엄사령부의 최후 작전이었다.

그때 대구엔 남로당 간부들, 국군수뇌부, 학자, 대학교수 할 것 없이 우익세력과 좌익세력 간부들이 갖은 위장전술 속에 공존하고 있었다.

　서울에서 빈손으로 쫓겨 내려왔기 때문이다. 집도 없고 돈
도 없고 옷만 입은 채 밀려 내려온 가족들뿐 아무 직업도 없
이 우굴거리고 있는 상태였다.

　차차 은행도 문을 열었다. 임시 전시 대학도 개학을 하는
가 하면 신문사도 업무를 시작했다. 이화대학에 입학한 지
15일 만에 6·25전쟁을 겪고 국도를 따라 걸어 내려온 나도
15명의 피난민 가족들과 함께 대구 대봉동 우리집에 있었다.

　그때 여기저기서 모여든 친척과 피난민들이 자그마치 스
물다섯 명, '불독'이라는 셰퍼드 개까지 합치면 스물여섯 명
인데 아버지, 아저씨, 이모부 할 것 없이 모두가 실직상태여
서 아무도 쌀값은커녕 반찬값조차 내놓는 사람이 없었다.

　그냥 약간 있는 양식으로 조금씩 나눠 먹고 있는 피난시절
이라 불안하기 그지없었다. 게다가 날만 새면 이북에서 왔다
는 피난민이나 서울에서 걸어 내려왔다는 피난민들이 염치
불구하고 마당에 진을 치는데 기가 막혔다. 막무가내로 방을
달라는 것이다.

　나라도 어딘가에 취직을 해야 할 것 같은 절박감을 안고
중앙통을 걷고 있는데 전봇대에 붙어 있는 '계엄사령부 문관
모집'이라는 구인광고가 눈에 띄었다. 그리고 마지막 부분에
계엄사령관 김종원이라고 큰 글씨의 사인까지 있어 더욱 믿
음이 갔다. 그때는 담벼락이나 전신주 할 것 없이 모두가 피

난길에 잃어버린 가족을 찾는 게 대부분이었다.

  어쩌다 사람을 쓴다는 가내공업이나 또는 공장 같은 데서 경험이 풍부한 기술자를 초빙한다는 그런 내용도 있긴 있었다. 마침 문관 모집의 학력 정도나 나이를 보니깐 나는 결격 사유가 없고 자격도 충분했다. 그리고 남녀 문관 모집이어서 다행이라고 생각되었는데 모집인원 약간명이라면 몇 명쯤을 가지고 약간명이라고 하는 것일까. 그렇다면 5~6명 뽑고 마는건 아닌지. 어쨌든 나는 거기 응시하기로 마음먹고 계엄민사부 위치를 물어물어 찾아가서 원서를 교부받고 시험 날짜를 알고 모이라는 장소에 나갔다.

  그런데 이게 웬일이람. 칠성국민학교 하나를 통째 빌렸다고. 교실마다 어른 수험생들이 꽉 들어차서 어림잡아 700명은 되는 듯했다. 이런 줄 알았더라면 아예 응시 안 하는 건데 어이가 없었다. 나는 긴 머리를 두 갈래로 땋아서 양쪽에 늘어뜨리고 검은 리본을 크게 묶고 검은 세루 바지에 장미빛 후리아 반코트를 짧게 바쳐 입고 하이힐을 신고 시험장에 들어섰다.

  교실 서너 개를 아예 칸막이를 떼내고 확 텄는데 흑판에 큰 글씨로 쓴 문제가 쓰여 있었다. 제목을 주면서 이것에 대한 공문(公文) 형식을 기술하라는 것이었다. 그리고 다른 한 문제는 계엄령하의 현시국에 대해서 논하라는 논문이었다.

　우선 자신 있는 논문부터 쓰기로 하고 서론, 본론, 결론을 차곡차곡 써내려 갔다. 큰 백지 한 장이 꽉 찰 만큼 논문을 다 쓰고 난 다음 공문 형식을 쓰라는 문제를 보고 기가 차서 그냥 앉아 있었다.

　공문 형식이라는 게 도대체 어떻게 생긴건지 그때만 해도 난생처음 대하는 문제였기 때문이다. 고등학교를 갓나와 대학 1년인 내가 그걸 어디서 봤겠는가. 시험 감독관이 수험생 사이를 왔다갔다 하고 있었다. 대위 계급장을 단 육군 장교였다. 얼핏 살펴보니깐 뒷쪽에도 군인 감독관이 몇 명 더 있었다. 엄숙한 분위기였지만 사람들은 각계각층에서 온 남녀들로 옷차림새는 모두 단정하게 입었지만 어딘가 신발이나 머리 같은 게 남루한 피난민들 행색이 역력했다.

　나는 이 문제를 포기하기로 하고 맥없이 앉아서 시간만 보내고 있는데 그때 대위 감독관이 내 옆을 지나면서 뭔가 발치에 돌돌 뭉친 작은 껌 종이 같은 걸 떨어 뜨리고 가는 것 같았다. 뭔가 하고 살짝 발로 끌어당겨 펴 봤더니 거기 공문 형식이 적혀 있는 게 아닌가!

　"어머. 날 어떻게 알고 이런 짓을."

　나는 너무 기뻐서 가슴을 두근거리며 재빨리 그 공문 형식을 작성했다. 물론 해선 안될 기막힌 커닝이었다. 나는 문관 모집에 당당히 합격했다. 일주일 후 계엄사령부 정문에 수험 번호와 이름이 크게 나붙었다.

알고 보니 남자 문관은 50명, 여자는 단 2명뿐인데 사령관 여비서 한 명, 경리 아가씨 한 명뿐이었다. 나는 곧 사령관의 여비서로 발령이 났다.

내게 커닝 종이를 건네준 대위는 계엄사령관의 부관이었다. 그는 아직 총각이었고 첫눈에 내게 호감이 갔다면서 도와주고 싶었다고 했다.

군대에서 나오는 식량이며 배급품 등 뭐든 지프에 싣고 곧장 우리집에다 갖다 놓고는 드디어 '사위'로 삼아 달라고 아버지께 정식으로 청혼하기에 이르렀다.

아직 스무 살밖에 안된 딸을 벌써부터 시집보내는 부모가 어딨으며 더구나 군인을 사위로 맞아 들일 생각은 단 한 번도 해본 적이 없다며 농담처럼 웃으면서 거절했지만 그건 단호한 아버지의 진심이란 걸 나는 알고 있었다.

계엄령하의 군인에게 함부로 거절할 만큼 시국이 느슨하지는 않았기 때문이다. 나도 그 사람이 싫은 건 아니었다. 그렇지만 부산 임시 가교사에서 이화대학이 개강됐다는 소식을 들었고 공부를 하자면 4년 후에라야만 졸업할 텐데 공부를 중단하고 결혼할 생각은 추호도 없었다.

그러던 어느 날 한장의 공문을 전달하기 위해 문관들이 사무를 보고 있는 지하 문관실에 내려가게 되었다.

사령관 면회하러 오는 장성급 군인이나 민간인들이 늘 줄을 잇고 있어서 비서는 눈코 뜰 새 없이 바쁘기만 했고 다른

방에 있는 문관들 얼굴 한 번 제대로 볼 틈이 없었다.

합격자 발표 때도 내 이름 석 자만 확인했을 뿐 다른 부서 사람들의 이름은 미처 볼 새도 없었다.

그때는 주민등록증이라는 게 아직 없을 때여서 이북에서 넘어온 사람이나 서울 또는 지방에서 온 사람들의 개인 근거조차 전혀 알 길이 없었으며 다만 자기가 친필로 써낸 이력서 정도가 유일한 신용장 역할을 하지 않았나 싶다. 어쨌든 6·25전쟁이 난 이듬해 봄이고 보면 그 사람의 신분을 보장할 만한 서류들이 전쟁 와중에 불탔거나 또는 인민군들에게 몰수당하는 등 서류 같은 게 남아있을 리가 없는 때였다.

그래서 그럴 수 있었을까. 나는 문관들이 사무를 보고 있는 문관 사무실을 처음 둘러봤을 때 내 눈을 의심하리 만큼 깜짝 놀랐다. 이게 도대체 어떻게 된 일일까. 거기 분명히 여학교 때 국어 선생님이었던 최 선생님과 법통(法通) 선생님이었던 이 선생님 그리고 또 역사 선생님이었던 김 선생님까지 나란히 앉아서 나를 보며 웃고 계시지 않는가.

그 선생님들 세 분은 별명이 '삼총사'라는 대명사로 통했으며 남로당 최고 간부라고 해서 학교를 2년 만에 사표를 내게 한 분들이었다. 나중에 알고 봤더니 그분 셋은 남로당 간부임이 분명했고 그것도 아주 고급 간부였다. 나는 우선 최 선생님에게 다가가서 살짝 물었다.

"선생님 여길 어떻게?" 애써 태연하게 물었지만 선생님들

표정은 당황한 빛이 역력했다. "놀랬지. 그렇지만 놀랄 것 없어. 원래 등잔 밑이야." 등잔 밑이 어둡다구요. 그렇다고 어쩌면 정말 호랑이 굴에 들어와 있다니. 그 선생님들은 나를 믿고 있는 것 같았다. 학교 다닐 때도 그 선생님 세 분을 내가 가장 좋아했고 또 존경하며 따랐으니까. 우선 그 선생님 세 분은 실력이 있었다.

무엇보다도 열성적으로 가르쳤고 매사에 인간적이면서 유머가 풍부하고 전교생에게 우선 인기가 있었다. 그런 선생님들 세 분이 아무 이유도 없이 차례차례 사표를 내고 소식도 없이 나갔을 때 우리는 무엇보다 알지 못하고 얼마나 궁금해했던가. 그 후 학교는 텅 빈 것 같았고 우리는 여기저기 들려오는 소문만 듣고 몹쓸 놈의 시국을 얼마나 한탄했는지 모른다.

그러던 그 삼총사 선생님을 다른 데도 아닌 계엄사령부 문관실에서 만났다는 건 참으로 충격적인 일이었다.

'등잔 밑이 본래 어두운 법이라더니…….'

나는 그 말이 생각나면 지금도 가끔 그 세 분 선생님 얼굴이 떠올린다

그때 또 한 분의 선생님이 계셨다. 『흑산도(黑山島)』라는 소설을 쓰신 소설가며 서울대 교수였던 전광용(全光鏞) 씨가 늘 시뻘겋게 핏발선 눈으로 문관들 틈에 끼어 있었다. 그 당시 전 교수(나중에 교수가 됨)는 젊고 결혼하기 전의 노총각이라며

때때로 지나가는 말처럼 내게 "교제 좀 해볼까?" 하고 농담까지 하셨다.

6·25전쟁이 나자 남로당 간부들에게는 미리 알려 피신하라는 지령이 내려서 근거서류까지 모조리 불태우거나 땅에 파묻는 등 여러 가지 방법을 써서 근거를 완전 소멸하고 완전 은닉에 성공했지만 아무것도 모르는 남로당 송사리들은 자기가 가입됐는지 안됐는지조차 확실히 모르고 있다가 아무 연락도 못받고 억울하게 잡혀가서 총살당했거나 어떤 방법으로든 죽임을 당하고 만 것이다.

숙자네 오빠처럼 전도유망한 공부벌레 3대 독자를 그런 이유로 끌고 가서 개죽음시켰다니. 나는 세 분의 선생님을 위해 그날부터 입을 함봉하고 살았다.

그분들의 신분보장을 위해 아예 문관들이 있는 문관실 근방에도 얼씬하지 않았다. 이따금 볼일이 있어서 갈 일이 있어도 일부러 태연히 대했다. 그리고 숙자네 과수원에도 다시 가지 않았다. 찾아갔다가는 꼭 남로당에 대한 모순과 분통을 터뜨리고 말 것만 같았다. 그리고 경찰의 비리까지도.

조국의 경찰관이나 내 조국의 헌병들에 의해 조국 사람들이 억울하게 집단 총살당한 사실이 마치 풀리지 않는 영원한 수수께끼처럼 남았다 해도.

6·25전쟁 때 이야기는 이밖에도 수없이 많다. 다만 요긴한 직장이었던 계엄민사부나 사령관 비서직은 1년여 동안

무사히 마치고 부산에 내려가 학교에 복학을 했다. 다시 학생신분으로 돌아간 기쁨은 날아갈 것 같이 후련하고도 행복했다.

내가 부산에 내려가 복학하게 됐다는 소식을 전하기 위해 민사부 문관 사무실에 내려갔을 때 그 세 분 선생님은 나를 격려하면서 "이 민사부도 어쩌면 부산에 내려 갈지 모르니까 그때 광복동 술집에서 한잔하자구" 하시면서 최 선생님은 의미심장한 예우 그 웃음으로 내게 악수를 청했다.

그 선생님들이 지금 어디에서 뭘하고 계시는지 모르지만 그런 용기로 살아가시는 분들이니까 막힘없이 잘 살고 계시리라 믿는다.

행여 어딘가에 있을

1쇄 발행일 | 2017년 11월 20일

지은이 | 권남지
펴낸이 | 정화숙
펴낸곳 | 개미

출판등록 | 제313 – 2001 – 61호 1992. 2. 18
주소 | (04175) 서울시 마포구 마포대로 12, B-127호(마포동, 한신빌딩)
전화 | (02)704 – 2546
팩스 | (02)714 – 2365
E-mail | lily12140@hanmail.net

ISBN 978 – 89 – 94459 – 82 – 0 03810
ⓒ 권남지, 2017

값 12,000원